매니테일

환상 도서관

프롤로그

신비로운 도서관

오래전부터 인류는 각자의 삶을 담은 도서가 존재한다고 믿었다. 문화권마다 전해오는 소문은 조금씩 달랐지만, 전설에 따르면 이 땅의 모든 사람은 자신의 인생이 기록될 도서를 가지고 태어났다. 도서는 아주 신비로워서 삶과 죽음부터 선하고 악한 행동까지 매 순간을 기록했다. 인간이 이야기하고, 움직이고, 상상하는 모든 것이 도서에 적혀있었다. 그리고 도서에 적히는 것 역시 전부 주인의 삶에서 실현되었다. 도서에서 사라진 내용은 그의 삶에서도 사라졌고, 도서의 끝맺음은 인간의 죽음을 의미했다.

도서를 손에 넣으면 자신의 삶뿐만 아니라 타인의 삶까지도 좌지우지할 수 있다는 유혹은 너무나도 매력적이었다. 동서양을 막론하고 수많은 이가 도서를 찾기 위한 여정을 떠났다. 막대한 부를 가졌던 이들, 다시없을 권력을 누렸던 당대의 황제들과 현자로 불리던 시대의 지식인들도 저마다의 이유로 도서를 찾기 위해 인생을 바쳤다. 그러나 그들의 탐욕은 모두 실패로 끝났고 도서를 보호하던 신을 분노케 하는 지경까지 이르렀다.

"이… 이봐, 이렇게까지 해야 하는 건가?"

"이제 와서 멀쩡하게 돌아갈 방법은 없네! 이대로 있다가는 들키고 말 거야. 이렇게라도 시선을 끌어야 해. 어차피 이곳은 이방인들의 도서가 있는 곳 아닌가?"

수백 명의 무리 중 선두에 있던 이가 말을 마치며 들고 있던 횃불을 도서 더미 사이로 던졌다. 이윽고 도서에 불이 붙었고 순식간에 모든 도서가 화마에 휩싸였다.

"어서 가세, 어서!"

불길이 거세지자 겁을 먹은 인간들은 서둘러 도망가기 시작했다. 그러나 무리가 몇 걸음 가기도 전에 땅이 진동하며 그들의 걸음을 멈춰 세웠고, 엄청난 굉음과 함께 인간들이 붙여놓은 불길 속에서 진노한 신의 음성이 들려왔다.

"끝없는 탐욕을 가진 이들이여, 그 대가를 치러야 할 것이다."

감히 신에게 대적하고 운명의 도서를 손에 넣으려 했던 대가, 도서를 한낱 종이 쪼가리로 만들어 다른 사람들의 이야기를 강제로 끝맺은 대가였다. 분노한 신의 외침에 산과 바다가 뒤틀렸고 그 속에서 **매니테일**, 세상 모든 이의 도서를 보관하는 신비로운 도서관이 세워졌다. 이때부터 인간의 도서는 모두 매니테일에서 탄생했고, 그곳에서 각자의 이야기를 피워냈으며, 이내 끝을 맞이했다.

"이야기가 없는 자로 살아가며 세상의 수많은 이야기를 지켜내거라. 후손 대대로 너희가 탐했던 존재를 지켜야 할 것이다."

신의 말이 끝나자 저주가 시작되었고, 사람들이 들고 있던 그들의 도서가 서서히 사라졌다.

"안 돼, 어떻게 이곳까지 왔는데! 이럴 수는 없어!"

"오, 신이시여. 저는 그저 인생을 바꿀 수 있다는 다른 이들의 말에 속아 이곳까지 오게 되었습니다. 용서해주십시오!"

어떤 이는 사라져가는 자신의 도서를 더욱 세게 붙잡으며 현실을 부정했고, 또 다른 이는 바닥에 납작 엎드려 신에게 자비를 구했다. 그러나 신은 자신을 향해 외치는 이들 중 그 어떤 이의 말도 들어주지 않았다. 어느새 사람들이 가지고 있던 도서는 완전히 사라졌고 그들의 손에는 도서 대신 은색 책갈피가 하나씩 주어졌다.

그렇게 최초의 관리자들이 탄생했다. 관리자들은 매니테일에서 거주하며 도서를 관리하고, 보호했다. 그들은 인간은 아니지만 신은 더더욱 아니었으며 오로지 관리자로서만 존재했다. 신의 말대로 도서를 탐했던 시절의 기억은 모두 잊고 다른 이들

의 도서를 지키며 살아가야 했다. 신은 그들에게 **베르**라는 이름
을 붙여주었다.

★

겨울의 쌀쌀함이 가시지 않은 어느 봄날, 한 남자가 울창한
나무 사이를 걷고 있었다. 그는 멍한 표정으로 무언가를 중얼거
리며 깊은 숲속으로 향했다. 얼마 뒤 남자는 커다란 회색 탑 앞
에서 걸음을 멈췄는데, 그는 한참 탑을 올려다보더니 한숨을 푹
쉬며 고개를 절레절레 흔들었다.

"긍지의 탑이라니, 올 때마다 느끼는 거지만 이렇게 허름한
탑과는 어울리지 않는 이름이야."

남자는 아무도 없는 탑을 향해 크게 소리쳤다.

"썬더! 올해 임명식은 좀 이르게 치러질걸세. 탑을 잘 정리해
두라고!"

탑에서는 아무런 대답도 돌아오지 않았지만 남자는 기다리
지 않고 몸을 홱 돌려 걸어왔던 숲속으로 사라졌다.

"으음, 역시 길을 뚫든가 해야지. 너무 멀다니까…."

1
임명의 날

1년에 한 번 있는 관리자 임명식 날이었다. 평소에는 그림자 하나 찾아보기 힘든 긍지의 탑에 수백 명의 인파가 몰려들었다. 스산한 분위기를 풍기던 잿빛의 낡은 탑은 오랜만에 자신을 찾아온 이들로 인해 활기로 가득 찼다. 깔끔하게 정장을 차려입은 베르들은 한껏 들뜬 표정을 한 채 탑으로 향했고, 북적이던 소리가 줄어들자 탑의 문지기 썬더는 안에서부터 천천히 문을 닫았다.

긍지의 탑 1층, 임명식이 진행되는 강당으로 가는 길에는 조용하고 기다란 복도가 있었다. 복도에는 검붉은 카펫이 깔려있었고, 나무로 만들어진 벽에는 그동안 도서관을 거쳐간 위대한 관리자들의 초상화가 끝에서부터 끝까지 걸려있었다. 오랜만에 시끌벅적했던 복도의 분위기는 인파가 모두 강당으로 들어서고 나자 언제 그랬냐는 듯 빠른 속도로 가라앉았다.

"으흠, 평화롭군."

썬더가 복도의 적막함을 즐기며 입구와 제일 가까운 벽에 걸린 초상화를 감상하고 있을 때였다. 누군가 쿵쿵거리며 문을 세게 두드리는 소리가 들렸다.

"음? 이게 무슨 소리지?"

처음엔 잘못 들은 줄 알고 무시했던 썬더는 계속해서 두드리는 소리가 들려오자 당황하며 닫았던 문을 열었다. 문 앞에는 아직 앳된 얼굴을 한 베르가 땀을 뻘뻘 흘리며 울상인 채로 서있었다.

"아이샤! 여기서 뭐 하고 있는 거야?"

베르의 이름은 아이샤였다. 아이샤는 썬더가 전부터 알고 지내던 어린 예비생이었는데 오늘 긍지의 탑에서 정식 관리자 임명을 받을 예정이었다. 이미 강당 안에 들어가 있어야 할 인물이 눈앞에 서있으니 그로서는 놀랄 수밖에 없었다.

"썬더, 어떡하죠…. 너무 늦었을까요?"

아이샤의 울먹임에 썬더는 서둘러 그녀의 팔을 잡고 탑 안으로 끌어당겼다.

"아직 도정이 도착하지 않았으니 임명식은 시작되지 않았을 거야. 서둘러서 들어가!"

아이샤의 짙은 검은색 눈동자는 썬더의 말에 생기가 돌기 시작했다.

"썬더… 정말, 정말로 고마워요! 임명식이 끝나고 다시 와서 인사드릴게요!"

말을 마치자마자 아이샤는 복도 끝에서부터 우당탕거리며 강당을 향해 질주했다. 아이샤는 윤이 날 정도로 부드러운 흑발을 가졌는데, 나중에 썬더가 회상하길 그날 아이샤가 어찌나 급하게 뛰어가던지 달리는 그녀의 뒷모습이 마치 경주 중인 흑마의 갈기같이 보였다. 열심히 복도를 뛰어와 강당 앞에 도착한 아이샤는 문을 열고 들어가기 전 손목시계를 확인했다.

'너무 늦지는 않았겠지?'

시계는 오전 10시 10분을 가리키고 있었다. 아이샤는 원래 시간 약속을 잘 지키는 편이었지만 너무 긴장한 탓인지 늦잠을 자고 말았다. 시간을 확인한 아이샤는 숨을 크게 내쉬며 호흡을 고르고는 조심스럽게 커다란 고동빛 나무문을 열고 강당 안으로 들어갔다.

강당 안은 웅성거리는 소리로 가득했다. 먼저 온 다른 베르들은 이미 자리를 잡고 앉아 도란도란 이야기를 나누고 있었다. 대부분은 처음 보는 이들이었지만 간혹 그녀와 같이 관리자 시험을 준비했던 익숙한 얼굴들도 보였다. 조금 늦기는 했지만 어수선한 공기를 보니 다행히 임명식이 시작하기 전인 듯했다. 시끌

시끌한 분위기에 아침부터 주체할 수 없이 떨려오던 마음을 조금 풀어낸 아이샤는 빈자리를 찾기 위해 이리저리 바쁘게 고개를 돌렸다.

"아이샤! 여기야, 여기."

그때 저 멀리서 누군가 손을 흔들며 아이샤를 불렀다. 그녀의 단짝 친구이자 같은 예비생 출신인 테오도르였다. 테오도르는 곱슬곱슬한 갈색 머리 위로 손을 쭉 뻗은 채 제자리에서 방방 뛰며 자기 위치를 알리는 중이었는데, 뛸 때마다 그가 쓰고 있는 커다란 안경이 조금씩 흘러내리는 게 보였다.

"왜 이렇게 늦게 왔어! 아직 시작하기 전이니까 빨리 앉아. 네 자리는 내가 맡아뒀어."

"고마워, 테오. 너 아니었으면 내내 서있을 뻔했어. 임명식만 마치면 진짜로 관리자가 된다는 생각에 설레서 잠이 안 오는 거 있지? 뜬눈으로 밤을 새우다가 새벽에서야 잠이 들었지 뭐야. 일어나니까 지각이더라고!"

아이샤는 거친 숨을 고르면서 흐트러진 관리복을 손으로 털어 바르게 고쳤다. 매무새를 가다듬는 손길에서부터 관리자가 되는 것에 대한 자부심이 느껴졌다.

"그렇게 좋아?"

"당연하지! 난 최고의 관리자가 될 거야. 언젠가는 복도에 내 초상화도 걸리게 될걸?"

아이샤는 고개를 바짝 들고서는 복도에 걸린 초상화들처럼 위엄 있는 표정을 지었다. 그 모습에 웃음이 터진 테오도르는 아이샤와 한참을 키득거렸다. 두 사람은 임명식 이후에 배정받게 될 부서와 그곳에서 하게 될 놀라운 일들을 이야기하며 흥분감을 감추지 못했다.

"저기, 사서야. 사서가 왔어!"

"어디? 나도 볼래!"

아이샤와 테오도르가 예비생들 사이에서 떠도는 탑의 전설 따위를 떠들고 있을 때쯤 좌중이 술렁이기 시작했다. 매니테일의 유일무이한 사서, 도정이 무대에 오른 순간이었다. 웅성거리던 강당 안이 약속이라도 한 것처럼 한순간에 조용해졌고 모두의 시선은 도정을 따라 앞으로 향했다.

도정은 길고 마른 체형의 사내였다. 그는 임명식처럼 특별한 날에만 입는 검은 예복을 입고 있었는데, 예복의 목둘레와 소매를 이루고 있는 짙은 초록색 비단은 그의 녹색 눈동자와 아주 잘 어울렸다. 도정의 녹안은 강당의 끝에서 끝까지 아주 천천히 움직였다. 금지의 탑에 모인 관리자들을 확인하는 듯했다.

"안녕하십니까? 기쁜 날을 빛내기 위해 함께해주신 분들에게 감사드립니다. 여러분 모두 아시다시피 저는 이곳 매니테일의 사서, 도정입니다."

도정이 인사를 마치자 강당 여기저기서 박수갈채가 터져 나왔다. 그는 인사를 한 후 임명식의 개회를 선언했고, 도정의 인사와 함께 오케스트라는 웅장한 연주를 시작했다. 뒤이어 이제는 은퇴했지만 한때 도서관을 이끌었던 퇴직 관리자 몇 명도 예비생들에게 멋진 덕담을 해주고 내려왔다.

"드디어 서약의 시간인가 봐!"

본격적인 서약이 진행된 것은 임명식이 시작되고 30분은 지난 시점이었다. 매니테일의 예비생들은 모두 관리자로 임명받기 전에 서약을 거쳐야 했다.

"자, 예비생들은 모두 앞으로 나와주세요."

도정의 말에 예비생들은 하나둘씩 자리에서 일어나 그가 서있는 무대에 올랐다. 어림잡아 스무 명 정도 되는 숫자였다.

"첫째, 관리자는 도서에 개입하지 않는다."

"둘째, 관리자는 도서에 해를 가하지 않는다."

"셋째, 관리자는 도서를 탐하지 않는다."

"서약을 어길 시에는 관리자 자격을 박탈당하고 다시는 매니테일에 발을 들일 수 없습니다."

도정은 엄중하게 경고하며 관리자 서약문을 선창했다. 아이샤와 테오도르를 비롯해 그곳에 모인 예비생들은 서약문을 후창하며 매니테일의 관리자로서 맡은 의무를 성실히 다할 것을 선서했다. 서약을 마치고 도정은 두 줄로 서있는 예비생들의 이름을 하나씩 부르며 유니폼에 책갈피를 직접 달아주었다. 책갈피 배지는 관리자의 급수에 따라 달랐는데 가장 낮은 3급 관리자는 은색, 2급 관리자는 금색 그리고 1급 관리자는 보라색 책갈피를 꽂고 다녔다.

"아이샤!"

조금 기다리자 아이샤의 이름이 불렸고 그녀는 떨리는 두 손을 꼭 쥔 채 한 발짝 앞으로 나와 도정의 앞에 섰다. 도정은 아이샤가 어젯밤부터 열심히 펴두었던 남색 유니폼에 은색 책갈피를 꽂아주었다. 아직 1년간의 수습 기간을 거쳐야 했지만 예비생들도 이제 엄연한 관리자였다. 마지막 예비생까지 책갈피 배지를 꽂아준 도정이 다시 무대의 중앙으로 향했다.

"사서 도정은 우리 앞의 어린 베르들이 매니테일의 자랑스러운 관리자가 되었음을 선언합니다."

그 순간 엄청난 함성이 강당을 가득 채웠다. 무언가 울컥하는 기분이 든 아이샤는 울지 않기 위해 아랫입술을 있는 힘껏 꽉 깨물어야 했다.

"저는 사서직에 오르기 전 예비생부터 수습생, 3급 관리자, 2급 관리자, 1급 관리자까지 모두 겪어보았습니다. 단언컨대 가장 기억에 남는 것은 수습생 시절입니다. 앞으로 그대들이 겪을 1년간의 시간이 향후 관리자로서 수십 년을 이끌어 갈 기억이 될 것입니다."

다시 한 번 박수갈채가 쏟아져 나왔고 모두의 축하 속에서 관리자 임명식이 마무리되었다. 도서관 건물 중 가장 허름한 공간이 '긍지의 탑'이라고 불리는 이유를 증명한 순간이었다.

관리자는 모두 매니테일에 거주했다. 다만 관리자가 아닌 베르는 매니테일에서 살 수 없었는데, 아직 관리자가 되기 전인 예비생들 또한 마찬가지였다. 지금까지 예비생 신분이었던 아이샤는 부모님과 함께 이야기 속을 돌아다니다가 교육이 있는 날에만 출입국관을 거쳐 매니테일을 방문하곤 했다. 교육이 끝나면 여지없이 돌아가야 했으니 도서관에서 생활하는 관리자들을 부러운 눈으로 바라보던 날이 하루이틀이 아니었다. 예비생이된 지 몇 년 만에 관리자로 임명받은 아이샤는 드디어 생활관에 입주할 수 있다는 생각에 잔뜩 들뜬 마음이었다.

"짐 풀고 이따 점심시간에 봐!"

임명식이 끝난 후, 아이샤와 테오도르는 생활관 앞에서 헤어졌다. 남자 베르와 여자 베르가 사는 건물이 달랐기 때문이다. 테오도르와 헤어진 아이샤는 끙끙거리며 커다란 여행용 가방을 들고 생활관을 힘겹게 돌아다니다가 겨우 406호라고 적힌 방을 발견했다.

"406호… 406호가…. 어! 여긴가보다!"

덜컥덜컥!

그런데 열쇠를 아무리 돌려도 문은 열릴 생각이 없어 보였다.

"뭐야, 이거 왜 안 열리지?"

"그야 여긴 내 방이니까."

그때 뒤에서 누군가 조용히 다가와 문고리를 과격하게 돌리고 있는 아이샤의 손목을 잡았다.

"누구…. 헉!"

놀라서 뒤를 돌아본 아이샤의 눈앞에는 오묘한 갈색 눈을 가진 베르가 서 있었다. 그녀는 윤이 나는 아이샤의 흑발과는 달리 곱슬기가 있는 연한 갈색 머리의 소유자였는데, 머리카락은 제 주인의 아름다움을 조금도 가리기 싫다는 듯 정갈하게 귀 뒤에 꽂혀있었다.

아름다운 베르의 이름은 코델리아였다. 코델리아는 예비생이 된 지 반년도 되지 않아 능력을 인정받고 관리자로 임명받은, 매니테일 역사상 가장 빠르게 관리자 자리에 오른 베르였다. 게다가 특유의 신비로운 분위기로 예비생들 사이에서 여러 소문이 도는 유명인사였다.

관리자가 아닌 베르들은 인간이 만들어낸 이야기 속에서 살았다. 테오도르가 마지막으로 머무른 작품은 《피노키오》였고, 아이샤가 마지막까지 부모님과 함께 지내던 곳은 《스마일》이라는 소설 속이었다. 모든 베르는 열네 살이 되는 해에 매니테일을 방문하라는 초대장을 받는데 이때 시험을 치르면 관리자가 되기 전 단계인 예비생 신분을 가질 수 있었다.

관리자가 되지 못한 베르는 오래전 신이 내린 저주로 인해 평생 인간들이 만들어낸 가상의 이야기 속을 떠돌아야 했고, 한 이야기에서 너무 오래 지내면 해당 이야기의 등장인물로 변해버려 다시는 벗어날 수 없었다. 소문에 따르면 코델리아는 할머니와 단둘이 살았는데, 그녀의 할머니는 한 이야기에 너무 오래 머무른 나머지 자신이 베르라는 사실을 잊어버려서 코델리아 앞으로 온 초대장을 전달하지 못했다. 코델리아가 또래의 다른 베르들과 함께 예비생 과정을 밟을 수 없었던 이유였다.

몇 년 뒤 코델리아를 직접 찾아간 도정 덕분에 그녀는 예비생 생활을 시작할 수 있었다. 그렇게 그녀는 남들에 비해 늦은 관리자 수업을 듣느라 다른 예비생들과 마주친 적은 별로 없었지만, 상급 관리자들에게 극찬을 들으며 반년 만에 다른 이들과 같이 3급 관리자로 임명될 수 있었다.

"그래서, 언제까지 내 방 앞에 서있을 거야?"

딴생각하던 아이샤가 정신을 차린 건 코델리아의 차가운 목소리를 들은 뒤였다. 그녀가 상급 관리자들과 대화하는 모습은 멀리서 몇 번 본 적 있었지만 이렇게 가까이서 목소리를 들은 건 처음이었다. 아이샤는 과하게 당황하며 횡설수설하기 시작했다.

"너 정말 예쁘다! 분명 네가 코델리아일 거야, 그렇지? 이렇게 예쁜 베르가 또 누가 있겠어. 아! 그나저나 내 소개가 늦었다. 나는 아이샤라고 해. 406호에 배정받았는데…. 어? 근데 여기가

406호가 아닌가? 아니, 맞나?"

허둥지둥거리며 열쇠에 새겨진 방 번호를 확인하는 아이샤의 모습에 코델리아는 아무런 대꾸 없이 팔을 뻗어 손가락으로 옆방을 가리켰다. 그녀가 가리키는 문에 406호라는 숫자가 적혀있는 것이 보였다.

"여긴 405호. 406호는 옆방이야."

아이샤는 그제야 방금까지 열려던 방의 문패에 적힌 405호라는 숫자가 보였다. 숫자를 잘못 보고 다른 베르의 방에 맞지도 않는 열쇠로 문을 열려고 한 것이었다. 자신의 어처구니없는 실수를 깨달은 아이샤는 얼굴을 홍당무처럼 붉히며 무거운 짐을 끌고 급하게 옆방으로 향했다.

"아, 미안해! 내가 숫자를….'

"됐어, 다음부턴 똑바로 보고 다녀."

아이샤는 코델리아에게 제대로 사과하려 했지만 그녀는 이미 방 안에 들어가버린 상태였다. 아이샤는 자신의 눈앞에서 문이 쾅 하고 닫히는 모습을 보며 벙찐 표정으로 그 앞에 한참을 서있었다. 코델리아의 외형이나 재능에 대해서는 들어봤어도 성격 얘기는 들어본 적이 없었는데, 아이샤는 아무래도 어려운 이의 옆방에서 살게 되었다고 생각했다.

2

모두의 첫 문장

첫 출근을 하는 아이샤의 발걸음은 매우 가벼웠다. 임명식 전날과는 달리 일찍 잠자리에 들었고 이웃 마을 서점에서 책을 사는 꿈도 꾸었다. 도서와 관련된 꿈은 베르들 사이에서 길몽으로 불렸으니 즐거운 하루가 시작될 것이 분명했다.

아이샤는 오랜만에 머리를 하나로 높게 묶었는데, 출근 첫날인 만큼 열심히 일하겠다는 수습생의 열정을 담은 모양새였다. 머리를 마저 묶은 아이샤는 거울 앞에서 마지막으로 관리복을 단정하게 정리한 뒤 서둘러 방을 나섰다.

"어이쿠!"

생활관에서 본관으로 이어지는 복도에는 생각보다 더 많은 베르들이 있었다. 어찌나 정신이 없던지 아이샤는 그 사이를 지나다가 넘어질 뻔하기도 했다. 다행히 그녀의 옆에 있던 브리즈가 붙잡아준 덕에 딱딱한 복도 바닥과 인사를 나누는 것은 면할 수 있었다.

"너 수습생이구나? 출근길에는 앞을 잘 보고 다녀야 해. 아주 번잡하거든."

"잡아주셔서 감사합니다."

"별말씀을, 나중에 고칠 게 생기면 찾아오라고. 다시 새것처럼 말끔하게 고쳐줄 테니까 말이야."

브리즈는 팔을 허리에 올린 채 호탕하게 웃으며 말했다. 아무렇게나 질끈 묶은 머리에 주근깨가 자리한 피부가 그녀를 한층 더 유쾌해 보이게 만드는 듯했다. 브리즈는 관리복이 아닌 편한 차림이었다. 주머니가 많은 펑퍼짐한 바지에 양팔의 소매를 모두 걷어붙인 모습은 아이샤가 알고 있던 보편적인 관리자의 옷차림하고는 조금 달랐다. 아마도 브리즈는 기타 업무를 보는 관리자인 듯했다.

기타 업무 관리자는 도서관 관리자들의 편의를 책임지는 일을 했다. 생활관에서 머물며 식사를 챙겨주는 '미스트'나 생활관의 보안을 담당하는 '스노우'가 이러한 경우였고, 임명식 날 아이샤를 도와주었던 긍지의 탑 관리자 썬더도 기타 업무 관리자였다. 이들은 3급 관리자로서 2급 관리자 시험에 응시하지 않겠다는 의지를 밝힌 베르들이었는데, 인간의 이야기를 직접적으로 돕기보다는 그들을 지키는 관리자들을 위해 일하며 간접적으로 인간을 도왔다. 기타 업무는 세탁물 관리, 가구 및 기계 수리, 건강 관리 등이 있었고, 그 외에도 도서와 관련되지 않은 모든 행정 업무가 이들의 책임이었다.

"오늘이 첫 출근이라지? 이따 새로 들어온 수습생들이 정신 쏙 빠진 표정으로 돌아오겠구먼! 하하, 힘내라고 친구!"

브리즈는 아이샤의 등을 세차게 두드리고는 제 갈 길을 갔다. 아이샤는 그녀의 뒷모습을 보다가 문득 손목시계를 보고 서둘러 본관으로 향했다.

"아이샤!"

본관 앞에는 테오도르가 멀뚱히 서서 아이샤를 기다리고 있었다. 그는 양손으로 가방끈을 부여잡고 이리저리 흔들며 시간을 때우다가 아이샤가 다가오는 모습을 보고 반갑게 손을 흔들었다.

"테오! 나 기다리고 있었어? 먼저 가지."

"혼자 들어가기 무서워서…. 머리 묶었네? 예쁘다."

테오도르의 칭찬에 아이샤는 그 자리에서 빙그르르 한 바퀴 돌며 찰랑거리는 머리를 자랑했다. 베르들 사이에서 흔하지 않은 검은색 머리칼은 그녀의 큰 자랑거리 중 하나였다. 그러다 잡담을 나누고 있을 때가 아니라는 것을 깨닫고는 서둘러서 안으로 들어갔다.

본관에 도착한 아이샤와 테오도르는 1층 로비에 모인 다른 수습생에게 다가갔다. 이들은 어제 관리자로 임명받은 수습생들이었는데, 수습생은 모두 본관 1층 탄생실에서 순환 근무를 시작하기 때문에 이곳에 모인 것이었다.

"관리자가 되어서 다시 오니 감회가 새로운걸?"

테오도르의 말에 아이샤가 고개를 끄덕였다. 본관은 총 네 개의 층으로 이루어져 있었다. 1층의 탄생실, 2층의 열람실, 3층의 끝맺음실, 4층의 자료실. 이 중에서 관리자로서의 첫 근무가 바로 그들이 서 있는 1층 탄생실에서 시작될 예정이었다.

그러다 아이샤는 우연히 무리에 섞이지 못한 코델리아를 발견했다. 그녀는 삼삼오오 모여 떠드는 다른 수습생들과 달리 홀로 꼿꼿하게 허리를 쭉 펴고 고개를 빳빳하게 세운 채로 자신들을 마중 나올 상급 관리자를 기다리고 있었다.

"근데 왜 이렇게 안 오시지?"

"누가 찾으러 가봐야 하는 거 아니야?"

그때 탄생실 안에서 조그마한 키의 관리자가 급하게 수습생들을 향해 걸어왔다. 수습생이 모여있는 입구까지 나온 관리자는 가까이서 보자 더 작게 느껴졌다. 그는 짧고 통통한 몸매에 푸근한 인상을 가진 베르였는데 멀리서부터 걸어왔는지 숨이 찬 얼굴로 힘들어하고 있었다. 특히 새빨개진 그의 동그란 두 볼은 그가 숨을 내쉴 때마다 심하게 흔들렸다.

"후우, 숨넘어가는 줄 알았네! 늦어서 미안해요. 저는 매니테일의 본관 1층, 탄생실을 담당하는 1급 관리자 앤디예요."

앤디는 입고 있던 멜빵바지의 앞주머니를 뒤적거렸다. 그러더니 눅눅해 보이는 손수건을 꺼내 이마에 송골송골 맺힌 땀을 연신 닦아내었고 숨을 고른 후에서야 자기소개를 시작했다.

"끅!"

아이샤는 1급 관리자라는 앤디의 자기소개에 속으로 비명을 질렀다. 옆에 있던 테오도르 역시 크게 놀랐는지 이상한 소리를 냈다. 1급 관리자는 매니테일에 여섯 명밖에 없는 아주 높은 직급이었기 때문이다.

매니테일의 1급 관리자는 생활관과 출입국관에 각각 한 명씩 있었고, 나머지 네 명은 모두 본관 소속이었다. 이때 본관 소속의 1급 관리자들은 각 층을 대표하는 관리자였는데, 차후 사서 후보직에 오를 자격을 갖춘 이들이었다. 1급 관리자들은 예비생이었던 아이샤가 교육을 받으러 도서관을 몇 년 동안 오가면서도 한 번도 마주친 적 없었다.

"저도 1급 관리자를 보고 놀라던 시절이 있었죠. 하지만 조금만 더 있으면 아마 제가 귀찮은 옆 동화의 이웃집 베르처럼 느껴질 겁니다, 하하하."

앤디는 호탕하게 웃으며 경직된 분위기를 풀었다.

"일단 자세한 건 들어가서 이야기할까요?"

앤디를 따라 들어간 탄생실은 예비생 시절 아이샤가 보았던 그대로였다. 그녀는 처음 도서관에 온 날 탄생실은 다른 층에 비해 좁은 편이라고 했던 관리자들의 설명을 떠올렸다. 반은 맞고 반은 틀린 말이었다. 탄생실이 열람실이나 끝맺음실에 비해 작은 편인 건 맞지만 그렇다고 좁은 편은 아니었다. 아이샤가 처음 봤던 탄생실은 눈에 다 담기지도 않을 만큼 천장이 높았고, 그곳에 거의 근접할 만큼 큰 책장에는 엄청난 양의 책이 꽂혀있었다. 그 사이를 수많은 관리자가 돌아다니는 모습은 그동안 방문했던 어떤 이야기 속에서도 보지 못했던 광경이었다.

아이샤가 예비생 시절 처음 탄생실을 보고 놀랐던 날을 회상하는 동안, 앤디는 수습생 무리를 이끌고 안쪽으로 깊숙이 들어갔다. 어느새 커다란 입구가 조그마한 점으로 보일 정도로 멀어지자 앞장서서 걷던 앤디는 뒤를 돌아 자신을 따라오던 수습생들에게 양손을 펼쳐 보였다.

"모두 이미 알고 있겠지만 매니테일에는 세상 모든 이의 도서가 존재한답니다. 그리고 보는 것처럼 탄생실의 책장에서는 매 순간 도서가 탄생하죠."

앤디의 말처럼 책장에서는 도서들이 끊임없이 탄생하고 있었다. 비어있는 책장의 매 칸과 매 공간마다 새로운 도서가 생겨났고, 한 칸이 가득 차면 어디선가 관리자가 나타나 책장을 정리했다. 관리자는 도서의 목록이 적힌 종이 뭉텅이를 들고는 그곳에 적힌 대로 도서를 빼내어 탄생실의 안쪽으로 날려 보냈다. 수많은 책장이 있는 만큼 많은 관리자가 일하고 있었고, 그들이 허공을 향해 손동작으로 책을 빼내는 시늉을 하자 해당 칸에 있던 도서들이 모두 빠져나와 안쪽으로 날아갔다.

"제목, 저자, 표지, 글씨체, 책의 두께까지 모두 다르게 태어납니다. 앞으로 이곳의 책들이 써 내려갈 이야기 또한 모두 다를 거랍니다. 도서의 내용을 작성하는 건 그 누구도 아닌 도서의 주인 한 사람뿐이니까요."

앤디가 활짝 웃자 그의 동그란 두 볼도 함께 방긋 솟아올랐다.

수습생들이 탄생실에서 근무를 시작한 지 정확히 일주일이 되던 날이었다. 지난 일주일 동안 수습생들은 숨 돌릴 틈도 없이 탄생실의 업무를 도왔는데, 아이샤는 도서의 탄생을 확인하는 일을 맡아서 했다. 이날도 아이샤는 날아다니는 도서들이 서로 부딪치지 않도록 주의하며 주어진 목록에 맞게 도서를 정렬하고 있었다. 그때 탄생실 소속의 2급 관리자 그린이 그녀에게 다가와 책 두 권을 건네었다.

"아이샤, 아까 내가 준 목록에서 책 두 권이 빠져있네. 직접 가서 도서들의 탄생 여부를 확인해줄 수 있을까?"

"그럼요! 지금 바로 다녀올게요."

아이샤는 웃으며 그린에게 책을 건네받았다. 시간을 확인하니 이게 마지막 업무가 될 것 같았다. 아이샤는 들뜬 기분으로 곧장 출입국관으로 향했다. 매니테일은 긍지의 탑을 제외하고 본관, 생활관, 출입국관 모두 내부가 연결되어 있었다. 아이샤는 출입국관으로 향하는 긴 복도를 따라 걸었다.

출입국관으로 향하는 복도는 아이샤가 예비생 시절 인간을 주제로 한 수업을 들으러 인간 세상을 방문할 때마다 수도 없이 오갔던 곳이었다. 그럼에도 아이샤는 복도를 걸을 때마다 늘 설레는 마음이었다. 출입국관에는 수많은 인간과 관리자가 돌아다니는데, 특히 인간은 격렬하게 울거나 웃으며 감정을 표현하거나 알 수 없는 표정을 짓는 등 다양한 얼굴을 하고 있어서 흥미롭게 느껴지기도 했다.

이런저런 생각을 하며 복도를 따라 걷던 아이샤는 출국실에 도착했다. 출입국관은 유동 인구도 많고 공간도 넓어 올 때마다 길을 찾기가 복잡하게 느껴지는 곳이었다.

"어? 하나! 출국실에는 어쩐 일이야?"

번호표를 뽑은 아이샤가 출국실을 서성이고 있을 때였다. 익숙한 뽀글머리가 고개를 푹 숙인 채 출국실을 나서는 모습이 눈에 들어왔다. 뽀글거리는 머리의 주인공은 아이샤와 예비생 시절을 같이 보냈던 하나였다.

"어, 아이샤구나. 그게, 내가 여기 있으면 안 되는데…."

하나는 입국실과 출국실을 헷갈려 잘못 들어온 모양이었다.

그녀는 예비생 때부터 길치로 유명한 베르였다.

"하나, 어디 갔어! 입국실에서 명단 한 장 받아오라고 시킨 게 이렇게까지 오래 걸릴 일이야?"

그때 저 멀리서 3급 관리자 한 명이 허리에 손을 올린 채로 하나를 찾고 있었다. 그는 주로 출입국관에서 일하는 탄생실 소속 관리자였는데 수습생들 사이에서 무섭기로 소문이 자자한 베르였다. 아이샤는 한 번도 직접적으로 마주한 적은 없었지만 그가 인상을 팍 쓴 채로 고래고래 소리를 지르는 모습을 보니 그 명성이 우연히 생긴 것은 아닌 듯했다.

"이크! 나 가볼게!"

아이샤보다도 훨씬 더 겁을 먹은 하나는 짧은 대화를 마치고 급하게 뛰어갔다.

"어, 그래. 다음에 봐!"

"832번!"

"어라? 나잖아!"

하나에게 제대로 인사를 건네기도 전, 출국실 안쪽에서 아이샤를 부르는 소리가 들려왔다. 그녀는 서둘러 안으로 뛰어갔다.

"번호표 832번 맞나요?"

자기 번호가 적혀있는 창구로 간 아이샤는 자신을 기다리고 있는 출국실 관리자에게 인사를 건네곤, 멀뚱멀뚱하게 서서 그를 빤히 쳐다보았다. 예비생 시절 집으로 돌아가기 위해 이용한 적은 있어도 홀로 인간 세상으로 나가기 위해 출국실을 이용하는 건 처음이었다.

아이샤가 멀뚱히 서서 한참 동안 자신을 바라만 보자 모니터를 보던 관리자가 이상함을 느끼고 고개를 들었다. 그는 아이샤의 가슴에 꽂힌 은색 책갈피를 확인하고는 한숨을 푹 내쉬며 손을 내밀었다.

"주세요."

아이샤는 고개를 갸우뚱하더니 조심스럽게 관리자의 손 위에 자신의 손을 얹었다.

"그게 아니라 책갈피를 달라는 의미였어요."

"아! 책갈피를 말씀하신 거였군요…."

관리자의 말에 아이샤는 얼굴을 붉히며 부랴부랴 유니폼에서 책갈피를 빼 건넸다. 그러자 그는 피곤한 듯 무심한 눈빛으로 앞에 놓인 스캐너에 아이샤의 책갈피를 갖다 댔다. 그러는 동안 아이샤는 관리자를 유심히 관찰했다. 그는 아이샤와는 조금 다른 유니폼을 입고 있었는데, 2급 관리자를 의미하는 금색 책갈피만은 본관과 같았다. 출입국관 관리자들은 인간들도 마주해야 하므로 편하게 개량된 본관 유니폼보다 더 딱딱하고 각진 유니폼을 입고 있는 듯했다.

출입국관 소속의 관리자들은 본관에 위치한 층에 따라 구애받지 않고 사서인 도정의 직속 관리를 받았다. 그래서 이곳에는

1급 관리자가 존재하지 않았고, 3급 관리자나 실습 중인 수습생들도 오지 않고 오로지 2급 관리자들로만 이루어져 있었다. 출입국관에서 일하는 관리자들은 본관에서 오래 일한 2급 관리자 중 1급 관리자 시험을 볼 생각이 없고 인간에게 친화적인 이들을 대상으로 선발되었다. 아마도 늘 출입국을 하는 인간들을 상대하는 업무를 봐야 하기 때문인 듯했다. 그래서 그런지 출입국관의 관리자들은 업무량 때문에 조금 무뚝뚝하기는 해도 기본적으로는 친절한 편이었다.

"아이샤, 아직 수습생 신분이고요. 현재 1층에서 근무 중인 거 맞죠? 출국 목적 말해주세요."

관리자가 책갈피 장식을 스캐너에 가져다 대자 그의 화면에 아이샤의 정보와 함께 증명사진이 떴고, 관리자는 화면과 실제 아이샤의 얼굴을 번갈아 보며 물었다.

"네, 도서의 탄생을 확인하기 위해 출국하려 합니다."

아이샤의 대답에 관리자는 고개를 끄덕이며 아이샤의 은색 책갈피를 돌려주었다. 아이샤는 건네받은 배지를 다시 유니폼 가슴 주머니에 잘 꽂아 넣은 뒤 관리자가 가리키는 쪽 문을 향해 걸어갔다.

"20분 적립했습니다. 그럼 즐거운 여행 하시길 바랍니다."

아이샤는 가볍게 인사를 한 후 그가 가리키는 문으로 향했다. 문을 열기 전, 돌려받은 책갈피를 보니 '20:00'라는 숫자가 새겨진 상태였다. 시간을 확인한 아이샤는 마침내 문을 열고 한걸음 발을 내디뎠다. 그리고 번쩍! 눈부신 빛과 함께 아이샤는 사라졌다.

"다음! 833번!"

★

문을 통과하자 공간은 병원으로 바뀌었다. 아이샤는 당황하지 않고 주변을 살피며 확인해야 하는 도서의 주인을 찾기 시작했다. 일주일 전에 탄생실에서 처음 업무를 시작하며 홀로 인간세상에 왔을 때는 혹여나 인간에게 정체를 들키지 않을까 걱정했지만 인간들이 베르를 볼 수 없다는 사실을 깨닫고는 겁먹지 않고 도서를 확인할 수 있었다.

그때 병실에서 화목한 가족의 말소리가 들렸다. 소리가 들리는 곳으로 향한 아이샤는 병실에 놓인 아이의 이름을 확인하고는 들고 있던 목록과 일치하는지 살펴보았다. 그녀가 들고 온 도서가 미세하게 진동하는 것을 보니 아이가 도서의 주인이 맞는 듯했다.

"정지호. 2024년 8월 20일. 확인."

아이샤가 일치 여부를 확인하는 와중에도 안에서는 웃음소리가 끊이지 않았다.

"엄마, 이게 내 동생이야?"

"응, 지호야. 정지호."

"안녕, 지호야? 난 네 형이야. 정지훈."

아이의 형으로 보이는 다섯 살 무렵의 남자아이가 말을 알아듣지도 못하는 자신의 동생에게 말을 걸자 주변에 서있던 어른들은 모두 두 아이의 귀여움에 웃음을 지었다.

'행복한 가정이네.'

아이샤는 기뻐하는 아이의 모습에 미소를 지으며 두 번째 도서의 일치 여부를 확인하기 위해 발걸음을 돌렸다. 다행히도 두 번째 도서의 주인 역시 방금 확인한 아이와 같은 병원에서 태어나서 출입국 과정을 두 번씩 거칠 필요는 없었다. 아이샤는 시계를 보며 자신에게 주어진 시간을 확인하고는 서둘러 움직였다. 도서의 탄생을 확인하는 작업에는 긴 시간이 주어지지 않기에 서둘러야 했다.

"이제 어떡해…. 내 인생은 망한 거야…."

기쁜 마음으로 두 번째 도서를 확인하려던 아이샤가 병실에 들어서자마자 들은 소리는 다름 아닌 '어떡해'였다.

"걱정하지 마. 내가 책임질게."

"네가 어떻게 책임질 건데? 대학 그만두고 일하러 나갈 거야? 아니면 집에서 애나 돌보고 있을 거야? 아직도 상황 판단이 안되니? 애 때문에 너랑 내 인생에 족쇄가 채워진 거라고."

아이샤는 다투는 커플의 모습에 깜짝 놀라 몸을 움츠리며 벽 뒤로 숨었다. 처음 겪는 일이라 자신이 그들의 눈에 보이지 않는다는 사실도 잊고 몸을 숨긴 것이었다. 그때 의사가 아이샤를 지나쳐 커플이 있는 병실에 들어갔다.

"어머니 옆에 서계신 분이 아이의 아버진가요? 탄생 증명서에 사인해주셔야 합니다. 이름은 어떻게 지으실 건가요?"

의사의 말에 여자는 고개를 홱 돌려버렸고, 옆에 서있던 그녀의 남자친구는 의사에게 미안하다는 표정을 지어 보이며 그가 들고 있던 종이를 받아들었다.

"네. 제가 아이의 친부입니다. 아이의 이름은 유진으로 짓겠습니다. 제 성을 따라서 박유진이 되겠네요."

남자의 서명을 받은 의사는 다시 병실을 나갔다. 그러자 멍하니 창밖을 보던 여자는 고개를 돌려 남자친구의 얼굴을 똑바로 바라보았다. 동시에 여자의 입에서 나온 말은 그들과 아무런 관련도 없는 아이샤의 가슴까지 아프게 했다.

"난 내 꿈 포기 못 해. 입양 보내자, 제발. 우리는 아니지만 세상에 아이를 원하는 부모는 많아."

"무슨 소리야. 입양이라니. 내가 키울 거야."

"현실적으로 생각해. 지금 당장 애 얼굴만 보고 감정적으로 행동하지 말란 말이야. 앞으로 최소 20년은 쟤를 위해 살아야 한다고. 너 그럴 수 있어? 네 인생 다 포기하고 애를 위해서 살 수 있냐고. 너는 가능하니? 근데 어쩌지? 난 그렇게는 못 살아. 어릴 때 입양을 보내는 게 아이한테도 더 좋을 거야.”

아이샤는 자신도 모르게 손으로 입을 틀어막았다. 부모는 아이를 원하지 않는 것처럼 보였다. 아이샤는 현실을 부정하듯 설마 하는 마음으로 자신이 들고 있던 도서를 바라보았다. 그러나 그녀가 들고 있던 두 번째 도서가 아이를 보고 반응하는 것을 보니 아이가 해당 도서의 주인이 맞는 듯했다.

“어떻게 저런…!”

아이샤는 무언가를 말하려 했다. 그러나 바로 그 순간 책갈피에 적립되어 있던 시간이 ‘00:00’로 바뀌었고 공간도 함께 바뀌었다. 그녀에게 주어진 시간이 다 된 것이었다. 다시 번쩍! 빛과 함께 입국관의 제일 끝 쪽에 위치한 문이 열리며 아이샤가 등장했다. 도서관에 돌아온 아이샤의 눈앞에는 입국실 소속의 관리자가 앉아있었다.

“방문은 즐거우셨나요?”

금발의 관리자는 출국실에서 봤던 관리자와 별반 다를 것 없는 무표정한 눈으로 빨간 버튼을 눌러 아이샤를 가로막고 있던 차단기를 올려주었다.

“네? 그게….”

아이샤는 무언가 말을 하려 했지만, 입국실 관리자가 아이샤의 말을 뚝 끊었다.

"아, 인간과 관리자가 모두 지나가는 곳이라서 해야 하는 의례적인 인사이니 개의치 마세요. 어차피 관리자이시니 일 때문인 방문이라는 것을 알고 있습니다."

시무룩해진 아이샤는 고개를 푹 숙인 채 탄생실로 돌아와 자신에게 일을 부탁했던 그린에게 확인하고 온 두 도서를 인계하고 돌아섰다.

"수고했어. 오늘은 퇴근해도 좋아."

"네…. 들어가 보겠습니다."

아이샤는 드디어 퇴근할 수 있었지만 이상하게도 기쁘지가 않았다. 되레 조금은 우울한 기분이 들었다. 분명 예비생 시절에 모든 부모가 아이를 원하지는 않는다는 걸 배웠다. 사례를 통해서도 배웠던 일이었지만 실제로 그 모습을 보니 생각보다 더 슬펐다. 아이샤는 테오도르와 함께 퇴근하기로 했던 것도 잊고 혼자 생활관으로 가버렸다.

다음 날, 수습생들은 일주일간의 도서 탄생 업무를 마치고 탄생실의 또 다른 업무인 문장 작성 업무를 시작하게 되었다. 이번에도 교육 첫날처럼 앤디가 나와 수습생들을 데리고 문장을 작성하는 일에 대해 알려주었다.

"세상의 모든 도서는 똑같은 문장으로 시작합니다. 탄생실의 관리자들은 탄생을 확인한 도서에 해당 문장을 새겨주는 일을 하죠. 간단한 듯 보이지만 절대 그렇지 않습니다. 오히려 몹시 어려운 일이죠. 우리가 새기는 그 문장 한 줄이 해당 도서가 탄생한 모든 이유를 대변하기 때문입니다."

앤디의 말에 아이샤의 눈이 동그래졌다. 그렇게 신비로운 문장이 존재한다니, 그것이 무엇일지 궁금해 그가 문장을 말해주기만을 기다렸다.

"이 도서는 필연적으로 시작되었다. 이 문장은 모든 도서에 적혀있습니다. 그렇기에 공평하다고 할 수 있죠. 행복한 가정에서 태어난 아이도, 그렇지 못한 아이도, 사랑받는 아이도, 그렇지 못한 아이도, 환영받지 못한 아이까지도 모두 이 문장으로 시작하거든요."

앤디는 설명을 하며 탄생실 안으로 깊이 들어갔고, 아이샤를 포함한 수습생들은 그를 뒤따라 걸었다. 이렇게 깊숙한 곳까지는 처음 가보는 것이었다. 앤디의 발걸음이 멈춘 곳에는 유리로 된 방음벽이 쳐진 공간과 그 안에서 문장을 손수 작성 중인 관리자들이 있었다. 그곳에는 '정숙'이라고 적힌 팻말이 붙어있었다. 앤디는 조용히 해야 한다는 제스처를 취하며 관리자들이 있는 곳을 가리켰다. 그곳에는 수많은 책상이 놓여있었고, 문장 작성을 담당하는 관리자들은 책상에 앉아 문장을 새기고 있었다. 그들이 공중에서 손을 휘적거리자 책상에 놓여있던 펜이 천천히 도서의 첫 장에 문장을 새겨나가기 시작했다.

"문장은 다른 잉크로는 쓸 수 없고, 도서관에서 만들어지는 한 종류의 잉크로만 쓰여집니다. 잉크는 도서관의 책들로부터 만들어지죠. 정확히는 끝맺음실에 있는 도서에서 말이에요. 이야기가 끝난 지 아주 오랜 세월이 흐른 도서들은 어느 순간 저절로 가루로 변하는데, 가루에 사서만이 알고 있는 비밀스러운 재료들을 넣고 섞어주면 문장을 쓰기 위한 신비로운 잉크가 완성됩니다. 한 번 쓰면 절대 지워지지 않는 잉크 말이에요. 그러니 문장은 진심일 수밖에 없어요. 모든 도서의 탄생은 우연이 아니라 운명인 거예요."

설명을 마친 앤디는 매일 입고 다니는 멜빵바지 주머니에 손을 넣은 뒤 무언가를 한 움큼 쥔 채로 빼내었다. 그러고는 손을 편 뒤 자신을 바라보고 있는 수습생들을 향해 후 하고 가루를 불었다. 순간 고운 진줏빛 가루가 흩날렸는데, 아마도 앤디가 설명한 신비로운 잉크의 주재료로 쓰이는 바로 그 가루인 듯했다.

아이샤는 가루를 잡아보기 위해 이리저리 손을 뻗었지만 가루가 너무 고와 잡을 수가 없었다. 가루를 잡았다고 생각한 순간에도 손바닥을 펼치면 가루는 온데간데없이 사라진 상태였다. 아이샤는 조금 놀랐지만 이내 고개를 한 번 으쓱하고는 먼저 앞에 가있는 앤디와 수습생 무리를 향해 걸음을 옮겼다.

3
가짜 책표지

수습생들은 한 달 만에 탄생실에서의 근무를 마치고 2층 열람실로 올라가게 되었다. 열람실은 탄생실에서 올라온 도서들이 머무는 곳으로, 매니테일에서 가장 바쁜 곳이라고 해도 과언이 아니었다. 열람실 소속 관리자들은 도서가 자신의 마지막 장을 마치고 더 이상 이야기를 쓸 수 없어 3층 끝맺음실로 올라갈 때까지 도서 생애의 전반을 관리했다.

오전 9시, 2층으로 처음 출근한 아이샤는 열람실 입구 근처에 옹기종기 모여있는 수습생들 틈에서 까치발을 한 채 고개를 기웃거리며 안을 들여다보려고 애를 썼다. 열람실은 예비생 시절에도 들어가본 적이 없어 궁금했기 때문이다.

"어차피 여기서도 한 달 내내 일하게 될 텐데 뭐가 그렇게 궁금해서 기웃거리는 거야?"

고개를 바짝 들고 기웃거리는 아이샤의 모습이 웃긴지 옆에 서있던 테오도르가 피식 웃으며 물었다.

"테오, 여기 입구부터 탄생실의 두 배는 되는 것 같지 않아? 게다가 출근하는 관리자 수를 봐. 매니테일의 관리자 모두가 2층 소속이라고 해도 믿겠어!"

"실제로 2층에 소속되어 있는 관리자가 제일 많지 않을까? 열람실은 매니테일에 도서가 가장 오래 머무는 층이니까. 하루에도 셀 수 없이 많은 도서가 1층에서 올라오고 또 3층으로 이동한대. 난 설레기보다는 걱정부터 되는걸? 열람실 소속 관리자들은 하나같이 성격이 좋지 않다고 들었어. 아마 업무 과다로 인한 스트레스가 극심해서 그럴 거야."

"그러고 보니…."

테오도르의 말을 듣다 보니 아이샤는 예비생 시절 열람실 소속 관리자들이 인원을 증대해주지 않으면 그만두겠다고 으름장을 놓으며 1층 로비에서 시위하던 것이 떠올랐다.

"흠, 우리 층 소속 관리자들이 과격하긴 하지. 수습생들한테까지 소문이 퍼졌나 봐?"

그때 뒤에서 누군가가 말을 걸어왔다. 매력적인 단발머리에 빨간 안경을 쓰고 있는 모습이 마치 만화에서 방금 막 튀어나온 것만 같았다.

"그 소문은 앤디가 퍼뜨린 걸 거야. 수습생들을 붙잡고 열람실은 할 일이 많으니 탄생실에 남는 게 좋다고 꼬드겼겠지, 안 그래? 그 자식… 2층에 일손이 부족한 걸 뻔히 알면서! 다음 회의 때 아주 본때를 보여줘야겠어."

빨간 안경을 쓴 베르의 가슴에는 앤디와 같이 1급 관리자임을 증명하는 보라색 책갈피가 꽂혀있었다. 그러나 아이샤가 그것이 무엇을 의미하는지 깨닫기도 전에 그 베르는 수습생 무리를 뚫고 앞으로 나와 큰 소리로 자신을 소개했다.

"안녕하세요? 저는 열람실의 1급 관리자 라일라예요. 오늘부터 이곳 열람실에서 근무를 시작한다고 들었어요. 앞으로 한 달간 잘 부탁해요. 그럼 바로 들어갈까요?"

라일라는 긴말하지 않고 수습생들을 데리고 '열람실'이라고 적힌 입구로 들어갔다.

"말도 안 돼…. 밖에서는 안이 이렇게 커다란지 상상도 못 했어."

아이샤는 벌어진 입을 다물지 못했다. 안으로 들어가자 펼쳐진 엄청난 규모에 수습생들은 놀란 기색을 감출 수가 없었다. 어찌나 웅장하던지 탄생실에서 일하던 관리자들이 열람실에 비하면 이곳은 좁은 편이라고 말했던 이유를 알 수 있었다. 게다가 열람실은 탄생실에 비해 훨씬 더 시끄럽고 복잡했는데, 그곳에서 일하고 있는 관리자의 수도 다른 층에서 일하는 관리자들의 두세 배는 되어 보였다.

열람실 내부는 조금 특별한 생김새였다. 탄생실과는 달리 천장까지 높게 올라간 책장의 모습과 책장 사이사이의 길이 모두 달랐다. 어떤 책장은 마치 동양의 정자가 생각나는 모형이었고, 다른 책장은 중세 시대의 성 같기도 했다. 또 오두막 모형의 낮은 책장부터 고층빌딩처럼 높은 책장까지 모두 존재하는 것이 마치 여러 이야기가 합쳐진 공간 같았다. 아이샤는 각 문화권의 전래동화들을 합친다면 이렇게 특이한 공간이 생기지 않을까 생각했다.

"자, 입구 근처에서 길 막지 말고 제대로 따라오세요."

라일라는 까칠한 명령조로 말했다. 아이샤는 커다란 코끼리도 쉽게 통과할 수 있을 만큼 큰 입구 앞에 관리자 몇 명 서있는 것이 어떻게 길을 막고 있는 것인지 의문이었다. 하지만 이런저런 생각을 하기도 전에, 라일라가 매우 빠른 속도로 설명하며 안으로 들어갔고 아이샤는 동화 속 같은 책장들을 감상할 틈도 없이 무리를 따라가야 했다.

"우리가 하는 일의 핵심은 도서를 지키는 겁니다. 그리고 문제가 생긴 도서를 열람하고 해결하는 일을 하죠. 도서는 자신의 생애에서 여러 번의 어려움을 직면하게 되는데, 이때 그 난관을 잘 넘어갈 수 있도록 도와주는 것이 우리 열람실 소속 관리자들의 일입니다. 물론 도서에 직접 개입하지 않는 선에서 말이에요. 그리고 여러분들이 지금부터 하게 될 일이기도 하죠."

라일라는 씩 웃더니 손가락을 튕겨 딱 소리를 내었다. 그러자 뒤에서 피곤함에 찌든 얼굴의 2급 관리자 한 명이 다가와 라일라에게 기다란 두루마리를 넘겼다. 라일라는 두루마리를 바닥에 닿을 때까지 길게 늘어뜨린 다음 머리에 걸쳐뒀던 안경을 내려쓰더니 두루마리에 적힌 내용을 아주 빠른 속도로 읽어냈다. 수습생의 이름을 한 명씩 호명하며 2인 1조로 업무를 배정하고 있는 것이었다.

"1조는 테오도르와 세아."

"2조는 하나와 라니아."

"3조는 아이샤와 코델리아."

"4조는⋯."

아이샤는 코델리아와 같은 팀에 배정받게 되었다. 아이샤는 조금 놀랐지만 바로 옆에 코델리아가 서있는 것을 확인하고는 당황한 티를 숨기기 위해 노력했다. 명단을 다 부른 라일라는 본격적으로 업무를 소개하기 시작했다. 수습생들이 열람실에서 처음으로 맡게 될 과제는 문제가 발생한 도서를 열람하고 도서의 주인이 문제를 해결할 수 있도록 도와주는 것이었다.

"방금 제가 불러준 조대로 업무를 진행하면 됩니다. 두 베르가 한 권의 도서를 맡아서 담당하게 될 거라는 말이죠. 마음 같아서는 베르마다 도서를 맡기고 싶은데, 도정이 수습생들을 너무 굴리지 말라고 눈치만 안 줬어도⋯."

라일라는 수습생들을 수상한 눈빛으로 쳐다보며 아쉽다는 듯이 입맛을 다셨다. 좀 더 이용해먹을 수 있었는데 적당히 일을 시키는 것이 아쉽다는 듯한 모습이었다.

"라일라, 너무 아쉬워하지 마시죠. 다음 과제부터 업무를 천천히 늘리면 되니까요. 저는 인력을 이렇게 세워두는 시간이 더 아깝네요. 빨리 서류 나눠주고 일하러 보내죠?"

옆에 서있던 피곤한 인상의 관리자가 라일라를 재촉하자 그녀는 그제야 기억났다는 듯 두루마리와 함께 챙겨왔던 상자를 가리켰다. 상자 안에는 두터운 서류 뭉텅이가 가득 담겨있었다.

"각 조에서 한 명씩 나와서 서류 받아 가세요."

라일라와 피곤한 표정의 관리자는 옆에 놓여있던 서류 뭉텅이를 각 조에 나눠주었다. 수습생들이 맡게 될 도서의 제목과 도서에 관한 간단한 설명이 적힌 종이였다.

"그럼 모두 각자 위치로!"

마침내 서류까지 전달한 라일라는 어떤 질문도 받지 않은 채 수습생 무리를 해산시켰다. 일단 부딪혀본다는 마인드는 다른 층에 비해 과도하게 업무가 많은 2층 관리자들이 일을 대하는 태도였다. 라일라에게 등 떠밀리듯 서류를 건네받은 아이샤는 우물쭈물하다가 천천히 코델리아의 옆으로 다가갔다.

"안녕, 코델? 너랑 같은 팀은 처음인 것 같은데 잘…!"

"잘 부탁한다는 거지? 나도 잘 부탁해. 그럼 도서를 찾으러 가볼까? 혹시 알아? 먼저 끝내는 조한테 가산점이라도 줄지?"

할 말을 마친 코델리아는 도서를 찾으러 걸음을 옮겼고, 아이샤도 급하게 코델리아를 따라갔다. 아이샤는 코델리아에게 말을 더 걸고 싶었지만 코델리아는 다른 조와 경쟁하는 것이라 생각하는지 도서를 찾기 위해 서둘렀다.

"가… 같이 가!"

아이샤는 코델리아를 뒤쫓아가면서도 의아하다는 듯 고개를 갸우뚱거리며 서류를 확인했다. 서류에는 도서 주인과 관련된 정보가 적혀있었는데 그녀가 받은 서류가 다른 베르들이 받은 것에 비해 훨씬 두꺼웠기 때문이다.

'이렇게 읽을 게 많으면 곤란한데….'

똑똑-

그날 밤, 침대에 걸터앉아 꾸벅거리며 졸고 있던 아이샤는 노크 소리에 자리에서 벌떡 일어나 문을 열어주었다.

"어서 들어와."

아이샤의 방을 찾아온 건 코델리아였다. 보통 관리자들은 근무 시간 외에는 절대로 일하지 않았으나, 이번에는 어쩔 수가 없었다. 수습생들에게 주어진 시간은 딱 이틀뿐이었다. 수습생들은 이틀 동안 자신이 맡은 도서를 읽으며 왜 열람실 소속의 관리자들이 도서에 문제가 있다고 판단했는지, 그 문제는 무엇이며 어떻게 해결할 수 있을지 방법을 찾아와야 했다. 아이샤는 업무 시간 내내 꼼짝도 못 하고 도서와 관련된 서류를 읽어야 했으며, 퇴근한 뒤에도 코델리아를 자신의 방에 초대해 도서에 생긴 문제를 찾아내야 했다.

아이샤는 코델리아에게 책상을 내어주고 자신은 침대 헤드에 기댔다. 포근한 침대에 앉으니 잠이 솔솔 오는 것 같… 이게 아니라! 스스로 볼을 꼬집으며 겨우 정신을 차린 아이샤는 바닥에 아무렇게나 쌓아놓았던 서류를 집어 들고는 엎드린 채로 낮에 다 읽지 못했던 내용을 읽기 시작했다.

몇 시간 뒤, 아이샤가 다 읽은 도서의 '10년 요약본'을 내려놓으며 이야기했다. '10년 요약본'은 라일라에게 전달받은 서류 뭉텅이에 끼워져있던 얇은 책자였는데, 도서 주인의 최근 10년을 요약한 내용이었다.

"근데, 박성훈 님 말이야. 건설회사 회장으로서 사내 복지 개선을 위해 매년 수천만 원씩 투자하는 건 물론이고, 지금까지 개인적으로 환경 보호 단체에 10억 기부, 아동 보호소에 8억 기부, 소년소녀가장 집안 200곳에 각 1천만 원씩 기부…. 정말 대단한 이야기를 쓰고 있는 것 같지 않아?"

아이샤의 말에 코델리아는 고개를 갸우뚱했다.

"그래? 근데 왜 앞부분은 멀쩡하다가 최근 10년의 이야기를 담고 있는 부분부터 찢어진 거지?"

코델리아가 찢어진 페이지를 펼쳐 아이샤에게 보여주며 말했다. 코델리아는 아이샤가 '10년 요약본'을 읽는 동안 도서의 원본을 온종일 붙들고 있다가 찢어진 페이지가 있는 것을 발견한 것이었다. 보통 도서의 주인이 과도한 스트레스를 받으면 페이지가 찢어지곤 했는데, 인간이 스트레스를 받을수록 도서에 적히는 단어의 무게가 무거워져서 발생하는 일이었다.

"페이지가 찢어졌다고⋯."

이러한 문제를 어떻게 해결해야 하는지는 이미 예비생 시절에 배운 적이 있었다.

"단어 쿠키를 주는 게 어떨까?"

누워있던 아이샤는 벌떡 일어나 단어 쿠키 이야기를 꺼냈다. 매니테일 본관에서 긍지의 탑으로 가는 길 사이에 있는 작은 숲속 오두막에서 글자 요정들이 구워내는 특별한 쿠키였다. 단어 쿠키에는 이름 그대로 단어들이 있었는데, '빨리', '다행히', '반드시', '충분히', '잘' 같은 부사가 담겨있었다. 단어 쿠키는 자신의 이야기를 가지지 못하는 베르에게는 일반적인 쿠키와 다를 게 없었지만, 자신만의 이야기를 가진 경우 단어 쿠키를 먹으면 그의 도서에 쿠키에 담겨있던 단어가 적히게 되었다.

가끔은 단어 하나 추가되는 것이 이야기 전체의 무게를 덜어주기도 했다. 그렇기에 단어 쿠키는 힘든 이야기를 써 내려가고 있는 인간에게 특별하게 사용되곤 했다. 아이샤는 단어 쿠키 이야기를 꺼내며 코델리아의 눈치를 보았다. 그녀는 코델리아가 자신의 의견에 반대할까 걱정했지만 의외로 코델리아는 크게 고민하지 않고 아이샤의 의견에 동의했다.

"음…. 단어 쿠키라, 나쁘지 않은 생각이야. 그럼 오늘은 도서를 마저 읽어보고 내일 출입국관에 가서 박성훈 님을 매니테일에 초대하자."

이번에 아이샤와 코델리아가 과제로 맡은 도서의 주인은 박성훈이라는 인물이었고, 성훈에게 단어 쿠키를 주기 위해서는 그를 방문자로서 매니테일에 데려오는 수밖에 없었다.

다음 날, 아이샤와 코델리아가 향한 초대실은 출입국관에서 가장 작은 규모의 공간이었다. 초대실은 인간들을 도서관에 방문자로 불러오기 위해 초대장을 전달하는 곳이었다. 초대실은 인간은 들어갈 수 없어 관리자들만 오갔는데, 그들도 편지만 부치고 돌아왔기 때문에 출입국관에서 가장 한산했다.

초대실에 들어서자 그곳의 관리자 중 한 명이 두 베르에게 다가왔다. 이전에 보았던 출입국관 관리자와 마찬가지로 본관과는 조금 다른 각진 형태의 유니폼을 입고 있었다.

"초대장과 펜은 이쪽에 있습니다."

관리자는 친절한 미소로 아이샤와 코델리아를 초대장을 쓰는 곳으로 안내했다. 그녀를 따라가자 앉아서 초대장을 쓸 수 있는 자리들이 마련되어 있었다.

"책상에 놓인 초대장을 작성하고 앞에 있는 통에 넣으면 전달이 완료된답니다."

"처음 써보는 거라 정신없었는데 도와주셔서 감사합니다."

"별말씀을요. 그게 제가 하는 일인데요."

감사 인사를 전하는 아이샤의 말에 관리자는 끝까지 친절한 미소를 유지하며 다른 관리자를 돕기 위해 떠났다. 초대실 소속 관리자가 떠나고 아이샤는 자리에 앉아 초대장을 작성하기 시작했다. 초대장을 작성하는 형식은 존재하지 않았기에 실수할 걱정 따위는 하지 않아도 되었지만, 오히려 그렇기에 어떻게 작성해야 할지 걱정이 컸다. 심지어 아이샤의 첫 방문자를 도서관에 데려오는 데 사용할 초대장이었다. 아이샤는 숨을 깊게 내쉬며 떨리는 마음을 진정시킨 뒤 천천히 글을 써 내려갔다.

박성훈 님께

환상 도서관, 매니테일에 당신을 초대합니다. 저는 도서관의 3급 관리자, 아이샤입니다. 인간이 태어날 때면 도서관에서는 아무것도 쓰여있지 않은 책 한 권이 탄생합니다. 누군가의 책은 다른 이들의 것보다 얇고, 다른 누군가의 책은 두껍지요. 하지만 정해진 것은 그뿐. 그 책을 써 내려갈 사람은 그 누구도 아닌, 도서의 주인 한 사람뿐입니다. 그리고 이곳 매니테일에는 모두의 책이 존재합니다. 박성훈 님의 것도 말이죠.

도서관에 방문하여 당신의 이야기를 관리하는 과정에 직접 참여하고 본인의 선택이 향하는 방향을 재정비할 기회를 드립니다. 모두에게 기회가 오는 것은 아닙니다. 모두가 그 기회를 잡는 것도 아니고요. 당신께는 특별히 이곳에 방문할 기회를 드립니다.

아이샤 드림

초대장을 쓰는 일은 생각보다 더 떨리는 일이었다. 특히 까만 잉크가 새하얀 종이에 닿는 것이 그곳에 적히는 단어 하나하나를 돋보이게 해주는 듯했다. 초대장을 작성한 아이샤는 완성한 초대장을 앞에 놓인 작은 우체통 안에 집어넣었다. 조금만 기다리면 매니테일과 업무 계약을 맺은 작은 글자 요정들이 와서 초대장을 전달할 것이었다.

그리고 얼마 안 가 도서의 주인인 성훈이 입국실을 통과하여 매니테일에 도착하였다. 그는 단정한 정장 차림의 80대 노인이었는데, 이 상황이 조금은 두려운 듯 이리저리 눈치를 보며 걸었다. 하얗게 센 머리에 깊게 패인 주름, 절름거리는 걸음걸이에 잔뜩 긴장한 듯 덜덜 떨리는 눈빛으로 아이샤와 코델리아를 찾고 있는 성훈은 생각보다도 더 노쇠해 보였다. 아이샤는 서둘러 그에게로 달려가 성훈을 맞이하였다.

"안녕하세요? 박성훈 방문자님 맞으시죠? 저는 아이샤, 이쪽은 코델리아라고 합니다. 수습생이긴 하지만 엄연한 3급 관리자예요. 만나서 반갑습니다."

　아이샤는 방문자의 긴장을 풀어주기 위해 조잘거리며 그를 초대실 바로 옆에 있는 수리실에 데리고 들어갔다. 수리실에는 기다란 복도를 따라 수많은 방이 있었다. 아이샤와 코델리아는 방문자를 데리고 일정에 맞게 예약해둔 방으로 들어갔다. 문고리에는 '담당자: 아이샤, 코델리아'라고 적힌 팻말이 달려있었다. 아이샤는 자신의 이름이 적힌 팻말을 보고 신기해 문을 열기 전 괜스레 이리저리 만져보았다.

　방문을 열고 들어가자 심신의 안정을 도와준다는 아로마 향이 세 사람을 반겼다. 방 안은 작고 아늑했으며 중앙에는 동그란 원형 테이블이 있었다. 또 테이블 위에는 다양한 간식거리와 보랏빛 연기가 피어오르는 주전자와 찻잔들이 있었다. 다만 테이블에 딸린 의자가 두 개뿐이라 늦게 들어온 코델리아는 벽 쪽에 접혀있던 간이 의자를 펴서 앉아야 했다.

　"자, 이쪽에 앉으시고요. 다시 한 번 인사해도 될까요? 아까 말씀드렸다시피 저는 아이샤예요. 매니테일의 관리자이자 방문자님의 도서에 발생한 문제를 해결할 담당자이죠."

　"저는 코델리아예요. 오래 볼 사이는 아니니 거추장스러운 인사치레는 생략할게요."

　서로 통성명을 한 뒤, 두 베르는 본격적으로 성훈의 도서에 발생한 문제를 파악하기 위한 대화를 나누기 시작했다.

"그러니까 저의 도서가 찢어졌다는 말씀이죠?"

"맞아요. 하지만 크게 걱정하실 필요는 없어요. 과도한 스트레스로 인해 단어의 무게가 무거워지면 발생할 수 있는 자연스러운 현상이니까요. 물론 이렇게 찢어질 만큼 극심한 스트레스를 겪는 경우는 드물긴 한데…."

도서가 찢겨있다는 아이샤의 말에 성훈은 잠시 머뭇거리다가 자신이 생각하는 이유를 말해주었다. 그는 자신이 최근 들어 자꾸만 악몽을 꾼다고 이야기했다.

"과거의 영혼들이 자꾸만 저를 찾아옵니다. 눈을 뜨고 있으면 그들의 영혼이 눈앞에 나타나서 괴롭히고, 자려고 눈을 감으면 꿈까지 쫓아와 잠 못 들게 해요…. 하루하루가 고통스럽습니다."

성훈은 자꾸만 입이 바싹 마르는지 이야기 중간중간 침을 삼키면서 천천히 자신이 경험하고 있는 고통을 설명했다. 계속해서 악몽을 꾸고 환영을 보게 되어 일상생활에까지 지장이 왔다는 그의 눈은 매우 슬퍼 보였다.

"그렇게나 고통스럽다니!"

"그래서요?"

성훈의 설명을 들은 뒤 아이샤와 코델리아의 반응은 극명하게 갈렸다. 아이샤는 성훈의 이야기를 다 듣고도 시큰둥하게 반응하는 코델리아의 모습에 당황하며 눈치를 주었지만 코델리아는 끝까지 성훈을 차갑게 대했다.

"매니테일에 오시는 길에 입국실 소속 관리자들에게 설명은 충분히 들으셨을 텐데요? 저희는 도서의 이야기에 직접적으로 개입할 수 없습니다. 그러니까 빨리 단어 쿠키나 드시고 출국하시는 게…!"

"코델리아!"

아이샤는 급하게 코델리아를 멈춰 세웠지만 그녀는 아랑곳하지 않고 성훈에게 쿠키가 든 유리병을 건네었다.

"저는 괜찮습니다. 이 노인네 하나 때문에 두 분이 고생이 많으시네요."

성훈은 쓰게 웃으며 떨리는 손으로 쿠키를 집었다. 그러고는 잠시 고민하다가 쿠키를 한입에 넣고는 대충 씹어서 삼켰다. 그가 급하게 쿠키를 먹는 모습에 아이샤는 코델리아의 귀에 대고 그녀의 예의 없는 행동을 따져 물었다.

"조금 더 이야기를 들어드렸어도 됐잖아."

코델리아는 대체 뭐가 문제냐는 표정이었다.

"멍청하게 굴지 마. 다른 조 애들보다 뒤처지지 않으려면 오늘까지는 과제를 해결해야 해."

아이샤는 도서의 안위보다도 자신을 우선시 생각하는 코델리아의 이기적인 모습에 놀라 동그래진 눈으로 그녀를 쳐다보았다. 아이샤는 코델리아처럼 이기적인 베르가 대체 어떻게 도서를 관리하는 관리자로 임명되었는지 이해할 수 없었다. 하지만 방문자 앞에서 그녀와 싸울 수는 없었기에 아이샤는 조용히 화를 삼키며 탁자 위에 놓여있던 주전자를 기울여 보랏빛 차를 따른 후 성훈에게 건넸다. 찻잔에서는 몽환적인 보랏빛 연기가 퍼졌다.

"돌아가시기 전에는 이걸 드시면 됩니다. 향이 아주 좋아요."

아이샤가 건넨 차는 매니테일을 방문한 모든 방문자가 다시 본인이 살던 곳으로 돌아가기 전에 마셔야 하는 차였다. 이 신비로운 차는 매니테일에 관한 기억을 지워주는 역할을 했기 때문이다. 그리고 잠시 뒤, 아이샤는 다리를 절며 천천히 출국실로 들어가는 성훈의 뒷모습을 바라보다가 자신의 옆에 서있던 코델리아를 째려보았다.

"과제 하나를 해치워서 좋겠어? 코델, 네가 예비생 시절을 길게 안 보내서 모르나 본데, 인간을 지키는 게 우리가 할 일이야. 상처를 주는 게 아니라. 라일라가 우리에게 준 건 그냥 과제가 아니라 한 인간을 돕는 일이었다고."

보통 이런 기분일 때는 아무 말도 하지 않는 게 나았지만 안타깝게도 아이샤는 참지 못하고 코델리아를 비꼬았다. 물론 코델리아는 아랑곳하지 않았지만 말이다.

"그럼 내가 뭘 했어야 돼? 나는 도서의 페이지가 찢어졌다는 문제를 발견했고, 단어 쿠키를 제공하여 이를 보완하자는 해결책에 동의했어. 내가 잘못한 걸 말해볼래?"

하지만 아이샤와 코델리아는 과제를 해결한 것이 아니었다는 사실을 알지 못했다.

며칠 뒤, 아이샤와 코델리아는 라일라의 사무실 중앙에 놓인 소파에 앉아있었다. 두 베르의 앞에는 열람실의 대표 관리자인 라일라와 사서 도정이 앉아있었다.

"물론 내가 두 베르에게 과제를 내준 이유가 도서에 생긴 문제를 완벽하게 해결하라는 뜻이 아니었던 것은 맞아요. 하지만 이런 결과를 가져와도 된다는 의미는 아니었습니다."

라일라는 아이샤와 코델리아가 제출했던 결과 보고서를 내려놓으며 진지하게 이야기했다.

"하지만 분명 박성훈 님에게 단어 쿠키를 제공했는걸요?"

코델리아는 억울함을 표출했지만 라일라와 도정은 미동도 하지 않았다.

"지금 두 베르가 거짓말을 했다는 게 아니에요. 단어 쿠키를 복용했음에도 도서 주인의 찢어진 페이지가 더욱 벌어지고 있다는 점에서 여러분이 과제를 해결하기보다는 악화시켰다고 보는 게 맞기 때문에 둘을 따로 부른 거죠."

아이샤와 코델리아는 지금 이 상황을 도저히 이해할 수 없다는 듯 서로를 바라보며 자신들이 대체 무엇을 잘못했는지 생각했다. 하지만 아무리 생각해도 그들은 예비생 시절에 배운 대로 한 것밖에는 없었다. 그러다 두 베르의 시선을 끊은 것은 도정이었다.

"자, 첫 업무부터 과제를 제대로 해결하지 못한 베르들에게 두 번째 업무를 배정할 수 없다는 라일라의 이야기도 이해했고, 배운 대로 대처했음에도 다른 결과가 나온 것을 이해할 수 없다는 아이샤와 코델리아의 말도 이해했습니다. 그럼 방법은 하나뿐인 것 같네요."

사무실에 있던 모두가 시선을 도정에게로 집중했다.

"아이샤와 코델리아가 과제를 해결하는 것이죠. 그때까지 라일라는 그 어떤 새로운 업무도 배정하지 말아요."

도정의 말에 라일라는 합당하다는 듯 고개를 끄덕였다. 반면 아이샤는 믿기 힘들다는 듯이 벙찐 채로 굳었고, 코델리아는 세상을 잃은 듯한 표정으로 라일라와 도정을 바라보았다. 해당 과제를 해결할 때까지 다른 업무를 부여받지 못한다는 것은 다른 수습생들보다 늦어진다는 것이었고, 이는 수습 기간이 늘어나는 것을 의미하기도 했다. 하지만 사서인 도정이 그렇게 하기로 정한 이상 이의를 제기하기는 힘들었고, 두 베르는 어쩔 수 없이 주어진 과제를 해결해야만 했다.

그날 밤, 퇴근 시간이 한참 지나도록 아이샤와 코델리아는 열람실 안에 있었다. 그들은 가능한 한 빨리 성훈의 도서를 다시 제대로 파악하여 단어 쿠키를 먹었음에도 페이지가 더 찢어진 이유를 알아내야만 했다. 비상등을 제외한 불이 모두 꺼져 어두 워진 열람실에는 야간 순찰을 하는 일부 관리자를 제외하고는 아이샤와 코델리아 그리고 테오도르뿐이었고, 세 베르는 성훈의 도서가 꽂혀있던 책장 바로 앞에 앉아 첫날 제공받은 서류를 바닥에 넓게 펼쳐보았다.

"테오, 그거 밟지 않게 조심하고, 네 앞에 있는 종이 좀 건네줘."

"이거? 자, 여기. 애들아, 근데 나는 왜 부른 거야?"

테오도르는 코델리아가 부탁한 종이를 건네며 조심스럽게 물었다.

"그야 두 명보다는 세 명이 머리를 맞대는 게 조금이라도 낫지 않겠어? 친구 하나 살린다고 생각하고 좀 도와줘! 테오, 너도 내가 이 많은 서류를 오늘 밤 안에 다 못 읽는 거 알잖아. 제발, 이렇게 부탁할게."

아이샤는 최대한 불쌍한 표정으로 테오도르에게 부탁했다. 마음 약한 테오도르는 그 눈에 속아 결국 함께 서류를 읽어보기 시작했다.

"내가 어쩌다가 잘 시간에 여기서 이러고 있는 거지."

구시렁거리던 테오도르가 서류 뭉텅이를 들어 올린 것은 서류를 읽기 시작한 지 한 시간은 넘게 지난 시점이었다.

"어? 잠깐⋯. 너희 이 자료 확인했어?"

"뭔데?"

아이샤는 졸음에 한껏 처진 눈꺼풀을 가까스로 뜨며 물었다.

"처음에 네가 지나가는 말로 왜 이렇게 박성훈 님과 관련된 자료가 많냐며 투덜거렸던 거 기억나? 그때는 그냥 넘어갔는데, 지금 보니까 라일라가 괜히 너희한테 이 많은 서류를 넘긴 게 아닌 것 같아."

테오도르의 말에 아이샤는 자리에서 벌떡 일어나 그가 들고 있던 서류를 빼앗았다. 그리고 그의 말대로 종이에는 성훈과 관련된 다른 도서에 관한 내용이 빼곡하게 적혀있었다.

YJ의 도서 17~23p 찢어짐

HA의 도서 78p 구겨짐

KS의 도서 21~40p 찢어짐

RJ의 도서 55p 끝맺음

MH의 도서 118p 끝맺음

⋮

그 외 122권의 도서에 문제 발생, 수리를 위해 매니테일 방문

아이샤의 손이 미세하게 떨렸다.

"대체 무슨 일이 있었길래 박성훈 님과 관련된 도서 중 100권이 넘는 도서가 수리를 위해 매니테일을 방문했던 거지?"

그 순간 아이샤는 직감적으로 알 수 있었다. 이건 더 이상 서류만 읽어서는 해결할 수 없는 문제라는 것을, 도서 원본을 읽어야 하는 문제라는 것을 말이다. 이제 어떻게 해야 할지 고민하던 아이샤는 거추장스럽게 내려온 머리를 뒤로 넘기며 머리끈을 가져오지 않은 것을 후회했다.

그러다 문득 도서에 적혀있던 문장 하나가 떠올랐다. '다른 이들보다도 유난히 검고 풍성한 머리를 타고나…' 도서에는 젊은 성훈의 머리카락이 아이샤처럼 진한 검은색이었다는 묘사가 등장했다. 베르 중에서는 아이샤 같은 흑발의 소유자가 매우 드물었다. 그 때문인지 아이샤는 검은 머리를 가진 이를 보면 왠지 모르게 반가웠다. 아이샤가 처음 성훈의 도서를 읽으며 정을 붙였던 이유이기도 했다.

"그래서 지금 도서에 들어가겠다는 거야?"

잠시 뒤, 도서에 들어갈 준비를 마친 아이샤는 코델리아의 물음에 고개를 끄덕였다.

베르는 출입국관을 거치지 않고 인간 세상에 갈 수 없었다. 하지만 매니테일에서 출국을 하지 않고 인간들을 마주할 방법이 딱 하나 있었는데, 인간의 도서를 통해 직접 이야기 속으로 들어가는 것이었다. 하지만 이 방법은 관리자 중 그 누구도 사용하지 않았다. 너무 제한적인 방법이었기 때문이다. 도서를 통해 들어가면 그 도서의 이야기 속에서만 활동할 수 있었고, 또 도서의 과거 이야기만을 지켜볼 수 있다는 단점이 있었다. 하지만 정확히 지금의 아이샤에게 필요한 방법이었다.

"우리 그냥 넘어가면 안 돼? 못 하겠다고 솔직하게 말하면 라일라가 다른 과제를 줄 수도 있잖아."

도서에 들어갈 준비를 하는 아이샤를 옆에서 지켜보고 있던 코델리아가 한숨을 쉬며 물었다.

"하지만 우리는 인간을 지켜줘야 하잖아. 행복한 이야기를 쓸 수 있게 도와줘야 하잖아. 저번에도 말했지만 이건 그냥 과제가 아니야. 박성훈 님의 인생이지."

"만약에 그럴 가치가 없는 도서면 어떡해? 우리가 박성훈 님의 책 표지에 속고 있다는 안 좋은 예감이 들어."

"그럴 리 없어. 너도 방문자님의 '10년 요약본'을 읽었잖아. 그가 나쁜 사람이었다면 그렇게 사회에 환원하는 삶을 살지는 않았을 거야."

자신의 주장을 확고히 한 아이샤는 관리복에 꽂혀있던 은색 책갈피를 꺼내어 들고는 성훈의 도서를 열어 책갈피를 넣은 뒤 다시 책을 덮었다. 그리고 펑 하는 소리와 함께 아이샤는 도서 속으로 사라졌다.

★

한창 공사가 진행 중인 건설 현장에 경찰차 몇 대가 들어와 있었다. 경찰들은 분주하게 사건 현장 근처에 노란색 통제선을 설치하고 있었고, 그중 직급이 가장 높아 보이는 인물은 작은 수첩을 들고 현장을 관찰하고 있었다. 그는 수사팀의 팀장으로 어젯밤 건설 현장에서 발생한 인부 사망 사고의 경위를 조사하던 중이었다.

유심히 현장을 관찰하던 팀장은 사고가 발생했던 바로 그 지점에 다가갔고, 여기저기 흩뿌려진 짙은 핏자국에 자신도 모르게 한 발짝 뒷걸음질을 쳤다. 이내 그는 고개를 들어 사고가 발생한 부근을 올려다보았다.

이번 사고는 건설 현장에서 발생한 낙상사고였다. 콘크리트 가루를 등에 이고 철근을 오르던 초보 인부가 무게를 이기지 못하고 그만 바닥으로 추락하고 말았다. 하지만 이상한 점은 근처에 CCTV가 존재했음에도 불구하고 사고 당시의 상황을 찍은 영상이 없다는 것이었다. 영상은 누가 인위적으로 지운 것처럼 사고 발생 시간을 기준으로 앞뒤가 30분씩 잘려있었다. 영상을 통해서는 인부가 건물을 오르는 모습도 확인할 수 없었다.

"현장이 점점 가까워졌다. 가까이 다가가니 경찰 한 명이 CCTV를 올려다보고 있는 모습이 보인다. 혹시나 지워둔 것이 들킬까 걱정이 되기도 하지만 변호사가 했던 말처럼 당당하게 나가야겠다. 어차피 그거 제대로 돌아가지도 않는 거 아닌가? 그냥 요즘에는 현장에 하나씩 설치하라니까 해두는 거지."

철근 뒤에 숨어있던 아이샤는 어디선가 들려오는 낯선 목소리에 고개를 이리저리 돌렸다. 그때, 경찰들이 설치해둔 통제선 바로 앞까지 검은 차량이 들어와 멈췄다. 차량에서는 세 명의 남성이 내렸는데, 이야기의 주인, 성훈도 그 자리에 있었다. 그를 제외한 두 명은 변호사와 차량을 운전했던 그의 비서였다.

처음에 아이샤는 성훈을 찾아내지도 못했다. 엊그제 보았던 80대 노인은 어디 가고 정장을 잘 차려입은 40대 중년의 남성이 차에서 내렸기 때문이다. 이야기 속의 성훈은 아이샤가 아는 노인이 아니었다. 그는 주름도 별로 없었고, 손도 떨지 않았으며 80대의 모습과는 달리 위풍당당하게 팀장을 향해 걸어갔다. 40대의 성훈은 건설회사의 회장도, 내로라하는 부자도 아니었지만 그럼에도 그에게서 긴장이라고는 찾아볼 수가 없었다.

"여긴 어쩐 일이시죠? 아시다시피 이곳은 민간인 통제구역이라서요. 나가주세요."

팀장이 다가와 묻자 성훈은 악수를 청하며 자신을 소개했다.

"아이고, 수고가 많으십니다. 제가 이 구역 건설 현장을 책임지고 있는 사람이에요. 안 그래도 조사받으러 서에 가는 길이었는데, 통제선이 보이길래 와봤습니다."

팀장은 께름칙한 표정으로 악수를 하며 주변을 둘러보았다. 근처 공사판에서는 모두 같은 건설회사의 로고가 그려진 건물이 올라가고 있었다. 해당 건설회사가 정부 주도로 시작한 신도시 개발 사업의 시공권을 따내었다는 의미이고, 자신을 해당 구역의 책임자라고 소개하며 당당하게 통제선에 다가온 성훈은 회사 소속의 고위직 임원일 것이었다.

"마음이 안 좋으시겠습니다. 직원분이 사고를 당하셔서요."

"뭐, 안타까운 마음이기는 하죠."

성훈의 말에 건물 뒤에 숨어서 상황을 지켜보고 있던 아이샤의 얼굴이 일그러졌다. 그녀는 안타깝다는 표정으로 경찰의 말에 고개를 푹 숙이는 성훈의 속마음이 말과 다르다는 것을 알고 있었다. 아이샤는 성훈이 현장에 도착한 이후로 계속 그의 이야기를 듣고 있었다. 도서의 구절들이 아이샤의 머릿속에 들어왔고, 이를 듣고 있던 아이샤는 마침내 그것이 도서의 구절이라는 것을 알 수 있었다.

"멍청한 경찰 나부랭이의 말에 나는 생각했다. '근데 이 자식이?' 정확히는 '우리 직원'이 아니라 하청업체에서 고용한 사람이었다. 그리고 내 마음이 안 좋은 건 얼굴도 알지 못하는 노동자 한 명이 죽어서가 아니라, 사고가 마무리될 때까지는 공사를 멈춰야 한다는 것 때문이다. 하루라도 작업을 못 하는 게 얼마나 큰 돈을 버리는 건지 자기가 아나? 물론 옆에서 변호사가 눈치를 주는 바람에 하고 싶은 말을 모두 삼켰지만 말이다."

아이샤가 성훈의 문장들을 듣고 있을 때, 성훈의 차를 몰았던 그의 비서가 철근 뒤에 숨어있던 아이샤를 발견했다.

"거기, 아가씨! 어떻게 여길 들어온 거야? 당신 뭐, 기자야?"

비서의 외침에도 아이샤는 그저 제자리에 서 가만히 상황을 관찰할 뿐이었다. 어차피 그녀가 보고 있는 이 모습은 지난 이야기일 뿐이었고, 아이샤는 관찰자 시점으로 들어온 것이라 이야기 속 등장인물들은 그녀와 물리적인 상호작용을 할 수가 없었다.

"혹시 아가씨가 들고 있는 그거 녹음기야?"

비서는 아이샤가 들고 있던 은색 책갈피를 가리키며 말했다. 그는 아이샤를 향해 성큼성큼 걸어왔지만 그녀는 여전히 제자리에 있었고, 시선은 성훈에게 가있었다. 그가 변호사와 속삭이는 말들이 들려왔다.

"부실 공사 건 막고, 안전 수칙 위반 벌금 내고, 이번 사고 합의금으로 3천만 원 정도 들면… 쯧, 근데 이 정도로 되려나?"

"돈보다는 공사를 마무리하는 게 먼저입니다. 어차피 합의금은 법무팀에서 알아서 조정할 거니까요. 이사님은 이 구역에서 진행 중인 건설을 최대한 빨리 마무리하고 다른 재개발 구역 시공권 따내는 거에만 집중하시는 게 좋을 것 같습니다."

아이샤의 시선은 온통 성훈에게로 향해있었지만 성훈은 아이샤에게 조금의 관심도 주지 않았다. 다른 곳에는 관심도 두지 않은 채 계속해서 변호사와 대화를 나눴는데, 그의 시선이 향하는 곳은 피해자의 사고 현장이 아니라 사고로 인해 멈춰있는 건설 현장이었다.

"머리가 아팠다. 죽은 놈 가족들이 회사까지 찾아오는 바람에 기자들의 눈에 띌 뻔했다. 안 그래도 재개발 전에 살고 있던 인간들을 모두 쫓아내고 나서 그들이 지금까지도 찾아와 난동을 부리고 있어 시끄러운데 이런 사고까지 발생하다니. 이러다 부실 공사인 것까지 알려지면 큰일인데."

비서는 계속해서 아이샤에게로 다가왔지만 듣고 싶지 않아도 계속해서 머릿속에 꽂히는 성훈의 문장들로 인해 아이샤는 정신을 차릴 수가 없었다.

"아이샤!"

"야! 이 멍청아, 뭐 하고 있어!"

그 순간, 어디선가 등장한 코델리아와 테오도르가 아이샤의 팔을 붙잡고 뒤에서 끌어당겼다. 그렇게 아이샤는 비서가 보는 앞에서 사라졌다. 그녀가 눈을 감았다 떴을 때는 공사 현장도 아니었고, 이야기 속도 아니었다. 그녀는 다시 열람실, 성훈의 도서가 있던 책장 밑에 엉덩방아를 찧은 채 앉아있었고, 양옆에는 코델리아와 테오도르가 숨을 헐떡이며 가슴을 쓸어내리고 있었다.

"대체 무슨 생각인 거야! 그러다 과거 이야기가 꼬여서 현재에 문제가 생기기라도 했으면 어쩌려고 그랬어!"

코델리아의 호통은 타당했다. 이야기 속에 등장하는 과거의 인물들과는 물리적 상호작용을 할 수 없었지만, 과하게 눈에 띄어 그들의 기억에 남는 순간 이야기가 꼬여버리는 문제가 생길 수도 있었다. 밖에서 기다리고 있던 두 베르가 아이샤를 데리러 온 이유였다.

"코델…. 우리는 인간의 이야기를 지키라는 신의 명령을 받은 존재잖아, 그렇지?"

"갑자기? 뭐, 그렇지?"

"우리가 지킨 이야기가 다른 이야기들을 해칠 때는 어떻게 해야 하는 거야?"

아이샤가 눈물이 그렁그렁한 눈으로 코델리아를 쳐다보며 물었다. 코델리아는 아무런 대답도 하지 못하고 테오도르를 쳐다보았으나, 그는 이런 상황이 익숙하다는 듯이 그저 고개를 저을 뿐이었다.

"하…. 무슨 일인지는 모르겠지만 나중에 더 이야기하자. 일단은 출근을 해야 할 것 같아."

어느새 열람실의 창밖에서는 해가 뜨고 있었다.

"너무… 너무 고통스러워요. 아무리 선한 일을 하며 스스로 방패를 세워봐도, 매일같이 제 앞에 나타나는 과거의 얼굴들에 저는 무너지고 맙니다."

성훈의 얼굴이 일그러지며 그의 눈에서 눈물이 줄줄 흘러내렸고, 그의 주름진 눈가는 금세 축축하게 젖어들었다. 아이샤는 불과 몇 시간 전에 자신이 보았던 인물이 이렇게 나약한 노인이 되었다는 사실에 어색함을 느꼈다.

"아무리 후회하셔도 이전에 적은 문장은 절대로 지우거나 수정할 수 없습니다. 방문자님의 모든 이타적인 문장들도 당신을 설명하는 문장이겠지만, 수십 년 전 당신이 적은 이기적인 문장들 역시 방문자님을 설명하는 한 줄 한 줄입니다."

인간은 간혹 선한 문장을 적기도, 악한 문장을 적기도 했다. 그 문장을 쓰겠다는 선택과 그로 인해 초래되는 문제들은 오직 도서의 주인에게 있었다. 도서는 절대로 고칠 수 없다는 코델리아의 단호한 말에 성훈은 소리내 울기 시작했다. 아이샤는 그의 눈물이 후회로 인한 눈물인지, 아니면 앞으로도 악몽과 환영에 시달려야 한다는 두려움에 나오는 눈물인지 알 수 없었다. 하지만 더 생각하지 않고 쿠키가 든 유리병을 건네었다.

"쿠키를 드시면… 조금은 나아질 수도 있을 겁니다."

성훈은 저번에도 단어 쿠키에 대해 설명을 들었지만, 기억을 지우는 차를 마셨기 때문에 매니테일에서의 일을 모두 까먹었을 것이었다. 아이샤는 쿠키를 처음 건네는 것처럼 조심스럽게 유리병의 입구를 성훈에게로 기울였다.

"당신이 다른 도서의 페이지를 찢은 순간 당신의 도서도 찢어질 운명이었던 것입니다. 이제 와 아무리 많은 단어 쿠키를 먹는

다고 해도 고통은 사라지지 않을 거예요. 한번 쓴 문장은 절대로 지워지지 않으니까요."

아이샤는 최대한 감정을 담지 않은 목소리로 말했지만 성훈의 두 눈동자는 크게 흔들렸다. 그는 주먹을 꽉 쥐었지만 손은 계속해서 바들거리며 떨려올 뿐이었다.

"관리자님들은 다 알고 계시는군요? 죄송합니다…"

"저한테 죄송할 건 없죠. 애초에 관리자는 이야기의 선과 악을 판단하지 않거든요. 다만, 이건 아셔야 할 것 같네요. 40년 전에는 방문자님이 아니라 방문자님 때문에 심하게 찢어졌던 도서의 주인들이 이곳에 왔었답니다."

4
어린 날의 기억

침대에서 식은땀을 흘리며 끙끙 앓고 있는 아이샤의 이마 위로 차가운 물수건이 올라왔다. 코델리아의 작은 손이 서툴게 아이샤의 볼에 올라와 열이 얼마나 나는지 확인하고 있었다. 그 작은 손은 침대 옆 탁자에 올려둔 작은 대야에서 막 꺼낸 차가운 물수건을 꾹 짜낸 뒤 아이샤의 이마에 올려두었다.

"대체 왜 이러는 거야."

코델리아는 단정하게 정돈된 자신의 방과는 달리 온갖 색을 다 끌어온 것처럼 화려하게 꾸며진 아이샤의 방을 둘러보며 한숨을 내쉬었다. 대충 봤을 때는 조잡해 보이는 것들이 자세히 보면 모두 애정을 담고 있는 물건이라는 것을 알 수 있었다. 코델리아는 행복하게 자란 것만 같은 아이샤가 어쩌다 인간의 이야기를 지켜야 한다는 베르의 의무에 심하게 집착하게 되었는지 이해할 수 없었다. 아주 오래전, 저주가 시작된 지 얼마 되지 않았을 적에야 신을 두려워하며 열심히 근무하곤 했지만, 요즘엔 그저 이야기 속을 떠도는 이방인의 삶을 살고 싶지 않은 이들이 들어오는 곳에 불과했다. 코델리아 역시 그러했다.

코델리아는 늘 불안했다. 기억을 잃은 할머니와 함께 살았던 그녀는 자신도 계속해서 인간들이 만들어놓은 가상의 이야기를 떠돌아다니거나, 기억을 잃고 한 이야기 속에 동화될까 봐 두려웠다. 일을 잘하지 못하면 매니테일에서 쫓겨날까 봐 악착같이 주어진 과제에 최선을 다했다. 하지만 아이샤는 코델리아와 조금 다른 삶을 살아왔다. 밝고 건강한 부모님 밑에서 애지중지 외동딸로 태어나 늘 행복한 이야기들만을 돌아다니다가 매니테일에 입사한 생각 없는 베르, 아이샤에 대한 코델리아의 평가였다.

코델리아는 아이샤를 별로 좋아하지 않았다. 자신과는 달리 과하게 밝은 것도 마음에 들지 않았고, 흔치 않은 검은 머리를 부끄러워하기는커녕 자랑스러워하는 것도 마음에 들지 않았다. 예쁘다는 소리를 듣지 않아도 늘 당당하고, 잔뜩 긴장하면서도 자신의 의견을 말하는 것에 두려워하지 않는 모습은 더더욱 보기가 싫었다. 모두 코델리아가 갖지 못한 것들이었다. 가장 짜증 나는 것은 아이샤가 실수투성이면서도 늘 정의롭고, 사명감이 넘치며, 인간을 진심으로 대한다는 부분이었다. 아이샤는 이기적인 코델리아를 부끄럽게 만드는 베르였다.

"어휴, 얘가 뭐가 예쁘다고 이러고 있는 거지? 열이 안 내리면 기타 업무 관리자를 부르고 난 내 방에 돌아가야겠어. 진짜 조금만 더 지켜보다가 말이야."

코델리아는 침대에 누워 끙끙거리는 아이샤를 내려다보며 그녀의 이마에 올려두었던 물수건을 다시 집어 들었다. 올려둔지 몇 분 지나지 않은 것 같은데, 어찌나 심하게 열이 나던지 수건이 미지근하게 데워진 상태였다. 코델리아는 물수건을 다시 대야에 넣어 차갑게 만들었다.

"대체 무슨 꿈을 꾸고 있는 거야."

★

무너진 집들과 흙먼지에 뒤덮여있는 주변 풍경에 분주하게 돌아다니는 사람들의 모습에 아이샤는 겁을 먹고는 최대한 사람이 보이지 않는 골목길로 숨었다. 분명 한 손으로는 엄마 손을 잡고 있었고, 다른 손으로는 아빠 손을 잡고 있었다. 그런데 왜 정신을 차리니 아무도 옆에 없는 것인지 이해할 수 없었다. 이사하는 날은 길을 잃지 않기 위해 조심해야 한다고 며칠 전부터 귀에 딱지가 앉도록 들었는데, 이동 중에 자주 바뀌는 풍경에 정신이 팔려 부모님의 손을 놓친 것 같았다. 여기가 어떤 이야기 속인지도 알 수 없는 데다가 다시는 이야기 속을 빠져나오지 못하고 등장인물로 동화되어 버릴 수도 있다는 생각에 두려움이 몰려온 아이샤의 눈에는 눈물이 글썽거리기 시작했다.

"넌 누구야?"

그때 아이샤의 또래로 보이는 어린아이가 쭈그리고 앉아있던 아이샤의 위로 고개를 내밀며 물었다. 짧은 머리였지만 곱상하게 생긴 얼굴, 비쩍 마른 몸으로 남자인지 여자인지 알 수 없는 아이는 자신을 샤힌이라고 소개했다.

"동방에서 온 아이니? 어른들이 동쪽으로 계속 가다 보면 검은 머리에 검은 눈동자를 가진 사람들이 산다고 말해준 적이 있어."

"모르겠어…. 내가 어디서 왔는지. 엄마 아빠 손을 잡고 있었는데 주변 풍경을 구경하다가 정신을 차려보니까 여기 혼자 남아있었어."

샤힌은 아이샤의 손을 잡고 일으켜 세웠다.

"너희 부모님도 돌아가셨구나…. 그래도 여기서 이러고 있으면 안 돼. 아이들 혼자 돌아다니면 위험해."

샤힌은 아이샤를 이끌고 어딘가로 향하기 시작했다. 그 작고 마른 손을 따라가다 보니 샤힌의 옷차림이 눈에 들어왔다. 신발은 어디 갔는지 맨발 차림이었고, 입고 있는 옷은 이곳저곳이 찢어져 옷이라고 하기도 부끄러운 수준의 넝마였다. 원래는 하얀

천으로 만들어졌다는 사실을 믿을 수가 없을 정도로 온갖 먼지가 묻어있기도 했다. 샤힌뿐만 아니라 주변 사람들 모두 어른이나 아이 할 것 없이 비슷한 차림새였다.

샤힌을 따라 조금 걸어가자 금방이라도 무너질 것 같은 나무 오두막이 있었다. 오두막이라기보다는 나무판자 몇 개를 쌓아둔 작은 공간에 가까웠다. 그곳에서 샤힌은 옷 사이에 숨겨 두었던 작고 딱딱한 감자 하나를 건네었다. 자신의 배에서도 꼬르륵 소리가 나고 있었지만 그는 이를 양보했다.

"여기는 나만 아는 공간이야. 원래 부모님이 모시던 주인님의 별장이었는데 전쟁 이후에는 아무도 안 드나들어."

샤힌은 전쟁을 겪고 있다고 이야기했다. 조금 가난하기는 했어도 행복하게 살아가던 어느 날, 적의 군대가 도시를 침략했고 샤힌의 나라는 모든 것을 잃었다. 전쟁 중에 부모님과 어린 동생은 죽었고, 겨우 살아남은 것은 샤힌 본인뿐이었다.

"그래도 난 운이 아주 좋은 편이야. 보통 내 또래 아이들은 노예로 끌려가거나 사냥감처럼 도망다니다가 잡혀서 죽거든."

샤힌이 건넨 딱딱한 감자를 도저히 삼킬 수가 없어서 들고만 있던 아이샤가 훌쩍이며 물었다.

"안 힘들어?"

"힘들어. 하루하루 죽을까 봐 너무 불안해. 그래도 난 끝까지 살아남을 거야. 막내 도련님이 이웃 나라로 여행을 다녀오신 뒤에 내게 그곳에서 보았던 온갖 귀한 것들과 신비한 것들을 말씀해주신 적이 있는데, 그 이야기를 듣고서 탐험가가 되겠다고 마음먹었거든. 나는 어른이 되면 전 세계를 돌아다닐 거야. 아이샤네가 있던 곳도 가볼게."

그날 밤, 좁고 어둡고 습한 오두막 안에서 아이샤와 샤힌은 어른이 된 자신들이 어떤 위대한 일을 할 수 있을지 밤새 이야기를 나누었다. 그러는 동안 아이샤는 자신의 부모님은 죽지 않았으며 분명 다시 자신을 찾으러 올 것이라고 말했지만, 샤힌은 안타깝다는 눈으로 아이샤를 쳐다볼 뿐이었다.

"나도 부모님이 돌아가신 지 얼마 되지 않았을 때는 두 분이 다시 살아 돌아오실 거라고 믿었어. 그런 일은 일어나지 않았지만 말이야. 걱정하지 마, 내가 너의 새로운 가족이 되어줄게."

밤새 이야기를 나누던 아이샤와 샤힌이 눈을 뜬 것은 막 새벽동이 틀 무렵이었다. 밖에서 사람들이 웅성거리며 뛰어다니는 소리가 들리기 시작했고, 그 소리에 샤힌이 먼저 눈을 뜨고 자리에서 벌떡 일어나 밖의 동태를 살폈다.

"아이샤, 일어나 봐."

"으음? 무슨 일인데?"

아이샤가 부모님 생각에 울면서 자느라 퉁퉁 부은 눈을 비비며 눈을 떴을 때 샤힌은 이미 작은 보따리를 챙긴 채로 아이샤의 어깨를 흔들며 깨우고 있었다.

"아무래도 적군들이 다시 쳐들어올 모양인가 봐. 며칠 좀 잠 잠한 것 같았는데⋯. 사람들이 모두 움직이는 걸 보니 이제는 정 말 이 도시를 버리고 떠나야 하는 것 같아. 빨리 일어나, 우리도 늦으면 안 돼."

샤힌은 아이샤의 손을 붙잡고 급하게 오두막 밖으로 나왔다. 둘은 어른들 틈에 껴서 어제 지나왔던 어두운 골목길을 지나고, 온통 난장판이 되어있는 시장 바닥을 지나, 마침내 성벽에 도달 했다. 쌀쌀한 날씨에 안개가 잔뜩 끼어있는 새벽녘은 스산한 분 위기를 풍겨왔다. 성벽을 나서기 바로 직전, 상황을 파악하지 못 하고 있는 아이샤와 달리 샤힌은 몸을 심하게 떨기 시작했다. 아 이샤는 그의 손을 더욱 세게 꼭 잡아주었고 샤힌은 아이샤를 쳐 다보았다. 아무 말도 없었지만 작은 눈동자가 서로 마주하는 그 순간은 마치 영원과도 같았다.

"어, 저게 뭐지?"

그때 누군가 손가락으로 하늘을 가리켰다. 그곳에는 붉은 별 같은 것이 사람들 무리를 향해 떨어지고 있었다.

"아아아악!"

그것이 불이 붙은 화살임을 알아차렸을 때는 이미 수백 개의 불화살이 머리 위로 떨어지고 있을 때였다. 곧 사람들은 우왕좌 왕하며 도망가기 시작했지만 이미 불은 주변의 목재 건물과 옷 가지 등에 붙어 크게 번지기 시작했다.

"으악! 기습이다!"

"도망쳐!"

그사이 아이샤와 샤힌은 키가 큰 어른들 사이에서 서로 꼭 잡고 있던 손을 놓치고 말았다. 순식간에 아수라장이 된 공간에서 아이샤는 울며 거리를 떠돌기 시작했다. 그리고 그 순간 주변에 있던 사람들과는 조금 다른 생김새를 가진 금발의 남자가 어디선가 나타났다.

"어라? 넌 등장인물이 아니라 베르잖아?"

금발의 남자는 아이샤를 급하게 안아든 채 아이샤가 처음 숨어들었던 골목길로 도망쳤다. 남자의 품에 안겨 달리는 동안 아이샤의 눈에 온통 불이 붙은 도시가 들어왔다. 몸에 불이 붙어 고통에 날뛰는 사람들과 활활 타오르는 건물 안에 갇힌 사람들, 나이가 많거나 힘이 약한 이들은 이리저리 치여 바닥에 쓰러진 모습까지, 차마 눈을 뜨고는 볼 수 없는 풍경이었다. 당황한 아이샤는 크게 몸부림을 쳐보았지만 도저히 남자의 품에서 벗어날 수가 없었다.

"샤힌, 샤힌!"

아이샤는 큰 소리로 샤힌을 불러보았지만 샤힌은 어디에서도 보이지 않았다. 애당초 아이샤의 부름은 사람들의 비명에 묻혀서 멀리 가지도 못했다. 그사이 자꾸만 품에서 튀어나가려고 하는 아이샤를 꼭 껴안은 남자는 자신의 옷 안쪽 주머니 안에서 금색 책갈피를 꺼냈다. 그리고 그가 책갈피를 꺼낸 순간 남자와 아이샤는 더 이상 골목에 있지 않았다.

눈을 다시 떴을 때 아이샤는 매니테일의 1층 로비에 있었다. 아이샤는 매니테일에 처음 와보는 것이었는데, 지금까지 그녀가 이야기 속에서 봐왔던 어느 건물의 로비보다도 웅장하고 아름다웠다. 말로 형용할 수 없을 만큼 크고 아름다운 로비는 크리스털 조명, 유리 장식, 하얀 대리석 등 투명하고 하얀 것들로만 채워져 방금까지 아이샤가 있었던 곳과는 완전히 다른 공간이었다. 안개 낀 우중충한 새벽이 아닌 오묘한 주황빛 햇빛이 창을 통해 들어와 하얀색 물건들을 더욱 신비롭게 만들었다. 너무 놀라 우는 것도 까먹은 아이샤의 앞에 녹안의 베르가 나타났다. 그는 도서관의 유일무이한 사서, 도정이었다.

"이게 무슨 일이지? 출입국관을 거치지 않고 매니테일에 들어오다니, 타당한 이유가 있어야 할 거야."

도정의 질문에 남자는 어느새 품에서 도망가 자신의 뒤에 숨어있는 아이샤를 내려다보며 이유를 설명했다.

"그냥 주인 없는 이야기에 다녀오는 길이야. 언제부터 우리가 인간의 이야기도 아닌 역사서를 오가는데 그렇게 빡빡하게 굴었다고. 그래도 뭐, 이유가 궁금하다면야⋯. 이거 때문이야."

금발의 남자가 한 발자국 옆으로 움직이자 그의 뒤에 숨어있던 아이샤는 놀란 듯 같이 한 발자국 움직여 다시 그의 뒤로 숨어들었다. 그 모습에 도정은 흥미롭다는 듯 아이샤에게로 다가왔다.

"방금까지 네가 있던 도서는 역사서였어. 수백 년 전 발생했던 한 전쟁을 기록해둔 이야기지. 우리 선조들과도 깊은 관련이 있고…. 어쩌다 너처럼 어린 베르가 그곳에 있었던 거야?"

"이사 가는 길에 부모님을 잃어버렸어요. 샤힌이 도와줬는데…. 어디로 갔는지 못 찾았어요."

아이샤는 두고 온 샤힌이 기억났는지 펑펑 눈물을 쏟아내기 시작했다. 그 모습에 남자는 아이샤를 울린 도정을 째려보며 그녀를 자신의 뒤로 숨겨주었다.

"아이샤!"

얼마 안 가 도정의 연락을 받은 아이샤의 부모님이 매니테일에 뛰어와 무슨 일이 있었는지 물었지만 그녀는 그저 입을 꾹 다물 뿐이었다.

★

아이샤는 누군가가 자신의 얼굴을 쓰다듬는 느낌에 눈을 떠보았다. 주변 풍경을 보면 그녀가 누워있는 곳은 본인의 방인 406호가 확실했지만 이상하게도 눈앞에는 코넬리아가 있었다. 코넬리아는 침대 옆에 걸터앉아 아이샤의 눈가에 흐른 눈물을 닦아주고 있었다. 이마에는 물수건도 얹어져 있었다.

"악몽이라도 꾼 거야? 얼마나 끙끙거리던지. 깨워야 하나 고민하던 차에 네가 일어난 거야."

아이샤는 천천히 자리에서 일어나 주변을 둘러보았다. 그녀의 첫 방문자였던 성훈과 관련된 업무를 처리하고 생활관에 돌아온 것까지는 기억이 났는데, 그 뒤로는 기억이 희미했다. 창밖을 보니 벌써 날이 어두워진 것이 이미 퇴근하고도 몇 시간은 더 지난 듯했다.

"하여튼 정신 차렸으면 됐어. 난 갈게."

아이샤가 멍하니 창밖을 보는 동안 코델리아는 자신의 방에서 가져온 대야와 물수건을 챙긴 뒤 침대에서 일어났다.

"네가 옆에서 계속 돌봐줬구나? 정말 고마워."

코델리아는 여전히 무표정하게 그녀를 쳐다보다가 짧게 한숨을 쉬며 방을 나섰다.

"쉬어."

코델리아가 떠나고 힘들게 자리에서 일어난 아이샤는 미리 찬물을 받아둔 욕조에 몸을 담갔다. 몸에 가득했던 열감이 조금은 가라앉는 듯한 기분이었다. 아이샤는 욕조에 기댄 채로 샤힌과 자신을 도와주었던 베르를 회상했다. 특히 도움을 주었던 베르는 그녀가 예비생으로 다시 매니테일에 돌아온 이후 찾기 위해 노력했음에도 찾지 못했다. 관리자 서약을 어겨 도서관에서 쫓겨났다는 이야기만 들을 수 있었다. 게다가 많은 베르 중 금발의 베르라는 것 하나로 그를 찾기는 힘들었다.

"이름이라도 알아둘걸…."

혼잣말을 하던 아이샤는 그대로 욕조에 머리를 집어넣었다. 물속에 들어가니 아무 소리도 들리지 않아 안정감이 들었다. 많은 생각이 스쳤다. 베르는 인간을 행복하게 해주어야 하는 존재, 지켜주어야 하는 존재였다. 그들에게 죄를 지었던 이들의 후손으로 태어난 베르가 감당해야 하는 삶의 무게였다. 온통 불바다가 되었던 도시와 그곳에서 헤어졌던 샤힌을 생각하면 아이샤는 백 번이고, 천 번이고 인간을 위해 헌신할 수 있었다. 그날 이후로 죄의식과 사명감이 함께 아이샤의 양쪽 어깨를 짓누르는 기분이었다.

처음 테오도르에게 자신이 가진 사명감을 이야기했을 때, 그리고 이를 이루기 위해 관리자가 되기로 마음먹었다고 말했을 때, 테오는 그것이 다른 예비생들이 가진 마음가짐과 무엇이 다른 건지 이해하지 못했다. 관리자가 되기로 마음먹은 것은 아이샤에게 엄청난 도전이었음에도 말이다. 아이샤에게는 한 가지 문제가 있었기 때문이다.

'관리자에게 난독증이라니….' 아이샤는 샤힌과 만난 이후로 난독증이 생겨 글을 잘 읽지 못했다. 글을 읽으려고만 하면 자꾸만 글자들이 이리저리 튀어 올라 방해했다. 관리자 시험에 응시

할 수 있었던 것은 오직 인간을 위해 살겠다는 의지 하나 때문이었다. 그 의지를 실현하기 위해서는 인간들의 도서가 존재하는 매니테일에 들어와야 했고, 관리자로 임명되어 도서를 마주해야 했다.

아이샤는 난독증을 가진 자신이 관리자 시험에 응시하기 위해, 또 그 사실을 숨기기 위해 들였던 노력을 회상했다. 그리고 한참 뒤, 옛날 생각을 하는 동안 욕조 안에 머리를 담그고 있던 아이샤의 코와 입에서 꼬르륵하고 물방울이 올라왔다. 남아있는 숨이 바닥나고 있다는 증거였다.

"헉헉… 헉…."

마침내 머리를 뺀 아이샤는 헐떡이며 숨을 몰아쉬었다. 성훈의 양면성은 아이샤에게 충격을 안겨주었다. '다른 이의 이야기를 고통스럽게 만든 인간의 도서라도 관리하고 지켜줄 의무가 있을까?' 하는 의문이 머릿속에서 떠나지 않았다. 그 해답을 찾기 위해서는 더 많은 도서를 마주해봐야 할 것 같은데, 과연 난독증을 가진 사실을 다른 이들에게 들키지 않고 계속 관리자 생활을 할 수 있을지 걱정이 몰려왔다.

5

달을 보러 가자는 약속

1층 탄생실에서 한 달, 2층 열람실에서 한 달 동안 열심히 일한 수습생들은 두 달 만에 휴가를 받게 되었다. 수습생들에게는 일주일의 휴가가 주어졌고, 덕분에 아이샤도 오랜만에 부모님을 만날 수 있게 되었다.

출국실 대기실에 앉아서 자신의 차례를 기다리던 아이샤는 심심했는지 옆에서 열심히 여행 계획을 짜고 있는 테오도르의 얼굴 앞에 손을 흔들거리며 방해했다. 테오도르는 임명식 날 선물 받은 싸구려 펜을 돌리면서 무언가를 고심하고 있었다. 잉크가 얼마나 안 나오던지 쓸 때마다 흔들어주지 않으면 사용하기 힘들었으나, 테오는 펜에 새겨진 매니테일의 고급스러운 로고가 마음에 들었는지 계속 가지고 다녔다.

"뭐 해?"

"여행 계획 짜는 중. 가족들이랑 여행을 가기로 했거든. 원래는 리안 형이 짜기로 했는데, 2급 관리자들 휴가가 우리랑 달라졌잖아. 어쩔 수 없이 형 빼고 가기로 했지. 어쩌다 보니 내가 계획을 짜고 있네."

리안은 테오도르의 첫째 형이자 매니테일에서 먼저 근무를 시작한 3층 끝맺음실 소속의 2급 관리자였다. 어렸을 적에는 테오도르가 살던 이야기를 오가며 자주 만났지만 리안이 매니테일의 관리자로 먼저 임명받게 된 이후로는 몇 번 보지 못했다. 몇 년 뒤에 아이샤와 테오도르 역시 관리자로 들어오기는 했지만 매니테일이 워낙 커서 우연히 마주치기는 힘든데다가 소심하고 우유부단한 성격의 테오도르와는 달리 불같고 원칙주의적인 성격의 리안을 마주하면 무조건 긴 설교를 들어야 했기 때문에 굳이 찾지 않기도 했다.

'얼굴은 3형제가 세쌍둥이처럼 똑같이 생겼으면서 성격은 다 다른 게 참 신기하단 말이지.'

리안은 아이샤를 아주 어릴 적부터 친동생처럼 생각하며 옷차림, 말투, 예비생 시절의 성적 등에 관해 피가 되고 살이 되는 조언을 했다. 아이샤는 그때를 떠올리며 자신도 모르게 한숨을 내쉬었다. 그와 똑 닮은 테오도르를 보니 다시금 어린 시절의 악몽이 생각나는 기분이었다.

"그나저나 테오, 너희 가족들은 지금 어디에 계신다고 했지?"

"부모님은《라베리아 광장의 형제들》에 계셔. 둘째 형은《해와 달이 된 오누이》라는 동화를 여행 중이래. 형한테 온 편지를 보니까 옛날 한국인들이 만든 민담에는 호랑이가 그렇게 자주 등장한대. 괜히 여행주의보가 내려진 시대가 아니라니까? 무서워서 빨리 현대소설로 이동할 거라고 하더라. 아이샤, 너는 어디로 갈 거야?"

아이샤는 잠시 고민하더니 한숨을 푹 쉬며 답했다.

"우리 부모님은《이상한 나라의 앨리스》에 계신대. 아마 얼마 안 있어서 원래 지내던《스마일》로 돌아가시지 않을까? 이야기가 좀 이상해지. 거긴 다들 정신이 나가 있잖아?"

그때 아이샤와 테오도르가 앉아있던 의자에 익숙한 인물이 다가와 앉았다. 차가운 눈매에 눈에 띄는 미모, 코델리아였다.

"코델리아, 너는 휴가 때 어디에서 지낼 거야?"

"할머니가 계신 곳에 가야지.《달이 뜨는 마을》로 갈 거야."

코델리아는 할머니와 함께 살게 된 순간부터 매니테일에 들어오기 전까지 덴마크의 한 무명작가가 썼다는《달이 뜨는 마을》에서 살았다. 극적인 전개가 없어서 인간들 사이에서는 알려지지 않았지만 평화로운 배경과 분위기, 온화한 성정의 인물들밖에 없어 나이 든 베르들이 선호하는 이야기라는 것을 얼핏 들은 기억이 났다. 이야기 속을 계속 떠돌아야 하는 베르들에게는 그만큼 안정된 이야기도 없었다.

"할머니 모시고 여행이라도 다녀올 생각은 없어?"

"너네도 소문 들어서 다 알 거 아니야. 우리 할머니는 이야기 속에 너무 오래 머물러서 자신이 베르라는 사실을 잊어버렸어. 내가 아무리 다른 곳으로 이사 가자고 해도 못 받아들이셔. 애초에 이야기 속에서 살아가고 있다는 사실조차 못 믿으시지. 할머니한테는 그 마을이 진짜 세상이니까."

코델리아의 말에 분위기가 숙연해졌다. 소문으로 듣기는 했어도 코델리아에게 직접 할머니 이야기를 들으니 무어라 위로할 말이 떠오르지 않았다. 그러다 기발한 생각 하나가 아이샤의 머리를 훑고 지나갔다.

"그럼 우리가 놀러 갈까?"

"아이샤, 그게 무슨 말이야. 어딜 놀러 가!"

"그야 《달이 뜨는 마을》이지. 코델리아도 일주일 내내 할머니랑만 있으면 심심할 거 아니야. 우리가 마지막 날에는 코델리아네로 가서 인사도 좀 드리고, 마을 구경도 하자고! 어때, 코델. 그래도 괜찮을까?"

아이샤는 슬쩍 코델리아의 표정을 살폈다. 여전히 차가운 눈매를 하고 있었지만 슬쩍 올라간 입꼬리를 보니 코델리아도 싫지는 않은 듯했다.

"뭐, 상관없어. 오고 싶으면 오든가."

"좋아! 그럼 이번 휴가의 마지막은 함께 보내는 거야!"

중간에 앉아있던 아이샤가 일어나면서 강제로 코델리아와 테오도르의 손을 붙잡고 위로 끌어당겼다.

시간은 빠르게 흘렀고, 어느새 수습생들에게 주어졌던 휴가도 하루밖에 남지 않았다. 아이샤는 풀어두었던 짐을 열심히 싸고는 집 앞에 서있는 커다란 나무 아래로 향했다. 그녀는 나무 밑에 파여있는 작은 토끼굴에 뛰어들 참이었는데, 이야기를 나가려면 그 이야기의 가장 상징적인 곳을 통과해야 하기 때문이었다.

"에이, 조금만 더 놀다 가지. 베르들은 시간 약속에 너무 빡빡하다니까?"

모자 장수가 다가와 아이샤의 짐을 툭툭 치며 장난을 걸었다. 모자 장수는 커다란 눈에 창백하게 질린 피부를 가지고 있었는데, 흰 피부와 어울리지 않는 진한 주황색 양장 차림을 한 채 아이샤의 주변을 펄쩍펄쩍 뛰어다니며 계속해서 그녀의 짐을 건드렸다.

"안 돼요. 이 정신 나간 이야기에 조금만 더 있다가는 나까지 미쳐버릴 것 같거든요. 그리고 단추 잘못 잠갔어요."

"쯧, 밖에서 살다 와서 그런지 뭘 잘 모르네. 이게 바로 이상한 나라 에디션으로 나온 조끼라고! 원래 이렇게 단춧구멍이 한 칸

씩 밀려서 나온 거야. 너희 부모님은 이상한 나라에 빨리 적응하는 것 같던데, 너는 이렇게 적응을 못 해서야. 너 때문에라도 이사 가겠다고 하겠군."

모자 장수는 투덜거리면서 끝까지 아이샤를 따라왔다. 그리고 아이샤가 토끼굴로 뛰어들 준비를 마쳤을 때, 그는 아이샤의 입에 작은 케이크 조각 하나를 넣어주었다.

"음, 맛있는데요? 아저씨가 직접 만든 거예요?"

맛있다는 아이샤의 칭찬에 모자 장수가 씨익 웃으며 한 발짝 성큼 앞으로 다가와 그녀를 토끼굴 안으로 밀어버렸다.

"응, 이번 티타임에 선보일 새로운 맛이야. 먹으면 온몸이 보랏빛으로 변하지!"

아이샤는 급하게 모자 장수를 올려다보았지만 눈이 마주쳤을 때는 이미 토끼굴 안으로 하염없이 떨어지고 있는 중이었다. 그 순간 아이샤의 팔이 보랏빛으로 물들었다.

"아아아! 이 정신 나간 세상! 다시는 오나 봐라아아아!"

"저런, 티파티에 초대받지 못했다고 그렇게 악을 쓰면 되나? 걱정하지 마! 다음 휴가 때 참석하면 되지."

"내 짐가방이나 내놔아아!"

아이샤의 외침에 굴 속으로 떨어지던 그녀의 머리 위로 커다란 짐가방이 떨어지기 시작했다.

쿵!

아이샤가 정신을 차렸을 때는 짐가방을 끌어안은 채 아기자
기한 숲속의 한가운데 놓인 커다란 바위 위에 앉아있었다. 그녀
는 서둘러 자신의 피부색을 확인하더니 다시 원래대로 돌아온
것에 안심하면서도 이상한 케이크 조각을 먹인 모자 장수를 생
각하며 큰 소리로 화를 내었다.

"빨리 이사 가자고 해야겠어. 애초에 엄마랑 아빠는 왜 저기
에서 살아보겠다고 한 거야!"

파사삭-

아이샤가 한참을 투덜거리며 혼잣말을 하고 있을 때, 풀숲이
움직이더니 백발의 노인이 나왔다. 나이가 적지 않은 듯 주름진
얼굴이었지만 그럼에도 매력적인 눈매에, 오뚝한 코, 빨간 입술
까지, 모두 어디서 본 것만 같은 얼굴이었다.

"누구세요? 이 깊은 숲속에는 어쩐 일로 방문하셨나요?"

"와! 코델리아와 목소리가 정말 비슷하시네요!"

노인의 목소리를 듣고 신이 난 아이샤는 바위 위에서 펄쩍 뛰
어내렸다. 짐가방의 무게를 생각하지 못해 제대로 착지하지는
못했지만 여전히 활짝 웃고 있었다. 당황한 노인의 두 눈이 커졌
지만 아이샤는 그럴수록 그녀의 정체에 확신을 가질 수 있었다.
저 오묘한 갈색 눈을 보고도 코델리아를 떠올리지 못했다는 게
스스로 실망스러울 지경이었다.

"안녕하세요, 코델리아의 할머니시죠? 저는 코델 친구예요. 옆 이야기… 아니, 옆 마을에서 놀러 왔어요."

그제야 노인의 얼굴이 활짝 펴졌다.

"코델의 친구였구나! 반갑다. 나는 코델의 할머니 나리란다."

나리를 따라 숲길로 들어간 아이샤는 그곳에서 작은 오두막 하나를 발견했다. 꽃과 토끼, 작은 돌담 위에 놓인 귀여운 글씨가 적힌 팻말까지 온갖 사랑스러운 것들로 치장되어 있었다.

"코델, 친구가 한 명 더 왔구나!"

나리를 따라 오두막에 들어가자 안에서는 먼저 도착한 테오도르가 식탁에 앉아 하트 모양의 사과파이를 먹고 있었다. 오두막은 밖과 마찬가지로 둥글둥글하게 생겼는데, 차갑디차가운 코델리아가 이곳에서 살았다고 생각하니 아이샤는 대체 그 성격이 어디서 온 것인지 알 수 없어 잠시 고민에 빠지기도 했다.

잠시 뒤, 나리는 손녀딸의 친구들에게 직접 밥을 해주고 싶다며 숲속에서 따온 버섯들로 수프를 끓였다. 식탁에 앉은 아이샤는 코델리아가 건네준 하트 모양의 사과파이를 입에 넣고 우물거리며 그들이 있는 《달이 뜨는 마을》에 대해서 물었다. 아이샤는 많은 이야기를 돌아다녔지만 이 이야기에 온 것은 처음이었고 궁금한 게 아주 많았다.

"근데 여긴 되게 조용하다. 다른 등장인물들은… 아니, 다른 사람들은 어디에 있어?"

아이샤의 질문에 코델리아가 답했다.

"마을에 있겠지. 거기도 사람이 많지는 않아. 애초에 단조로운 일상을 통해 독자들에게 안정감을 주기 위해 만들어진 이야기거든."

"너는 여기서 얼마나 지낸 거야?"

"엄마가 할머니한테 나를 맡긴 순간부터 여기서 지냈어. 아마 5년은 넘었을걸? 도정이 직접 날 찾아오지 않았더라면… 나도 할머니처럼 베르로서의 기억을 잊어버렸을 거야. 너무 어렸을 적에 이곳에 오기도 했고 할머니가 알려주지 않아서 주기적으로 이야기를 옮겨 다녀야 한다는 사실도 몰랐거든."

코델리아의 답에 테오도르가 눈치를 주었지만 아이샤는 멈출 줄을 몰랐다. 그러다 불쑥, 하지 않았으면 좋았을 질문을 하고 말았다.

"여긴 왜 달이 뜨는 마을인 거야? 달이 안 뜨는 곳도 있나?"

툭―

요리를 하고 있던 나리가 수프를 젓던 나무 수저를 바닥에 떨어트렸다. 그러고는 말릴 새도 없이 눈물을 펑펑 흘렸다.

"달이 뜨지 않는 곳도 있었지…. 그래서 달을 보러 가자고 약속했는데 지키지 못했어."

나리의 말에 코델리아는 한숨을 내쉬었고, 아이샤와 테오도르는 서로를 쳐다보며 놀란 시선을 주고받았다.

그날 밤, 나리가 해준 버섯 수프를 먹는 둥 마는 둥 하고 코델리아의 손에 이끌려 밖으로 나온 아이샤와 테오도르는 그녀에게 나리의 이야기를 들을 수 있었다. 코델리아에 따르면 그녀의 할머니 나리는 젊었을 적 《달이 뜨는 마을》이 아닌 다른 이야기 속에서 살았다. 그때 나리가 사랑했던 이가 있었는데, 아마도 그를 잃게 된 듯했다. 나리는 그를 잊지 않기 위해 시간이 한참 흐른 뒤에도 그와 어울리는 이야기인 《달이 뜨는 마을》로 돌아온 것이었다.

"할머니가 베르로서의 기억을 가지고 계실 때까지만 해도 옛사랑에 관한 이야기는 일절 하지 않으셨어. 그러다가 자신이 베르임을 잊어버리신 후로는 계속해서 그를 그리워하는 모습을 보이셨지. 나도 마음 같아서는 그 약속이 뭔지 좀 제대로 알고 싶어. 그래야 할머니를 도와드릴 수 있잖아? 이상하게 약속에 대해서는 일절 말씀을 안 해주시는 것 있지?"

테오도르는 훌쩍거리며 눈물까지 보이고 있었다.

"안 되겠어! 우리가 도와줄게!"

"너희가 뭘 어쩔 건데?"

"자료실에는 없는 게 없다고 했어. 예비생 시절에 듣기로는 이야기 속 주인공이 아닌 등장인물의 과거를 보여주는 신비한 램프가 있다고 들었어. 그 램프를 끝맺음실에서 빌려 갔다고 들었는데… 끝맺음실에 아는 베르가… 테오, 너 안경 좀 벗어봐."

테오도르는 아이샤가 말을 마치기도 전에 무슨 말을 할지 이미 알았다는 듯이 놀란 눈으로 고개를 저어보았지만 그가 그럴수록 아이샤의 까만 눈동자는 더 반짝일 뿐이었다.

늦은 밤, 야간 순찰을 하던 관리자가 지나간 뒤로, 어둠 속에서 작은 그림자 세 개가 일사불란하게 움직였다. 입국실에서 시작된 그림자는 어느새 본관으로 향했고, 중앙계단을 타고 1층, 2층 이어서 3층까지 올라갔다. 그리고 마침내 끝맺음실의 입구 앞에서 멈춰 섰다.

"아이샤, 아무리 생각해도 이건 미친 짓인 것 같아."

"그래, 테오 말이 맞아. 수습생들이 아직 순환 근무를 해보지도 않은 층에 올라오다니. 우린 크게 혼날 거야."

테오도르와 코델리아의 말에도 아이샤는 그저 웃어 보였다.

"괜찮아, 들어갈 필요도 없어. 이번 주에 수습생들이랑 3급 관리자 일부가 휴가를 받으면서 글자 요정들이 대신 업무를 봐준다고 했거든. 우리가 운이 좋아. 아무리 그래도 자료실에 있었으면 꿈도 못 꿨을 텐데. 어떻게 딱! 끝맺음실에서 램프를 빌려 간 덕에 까다로운 4층 자료실 관리자들을 상대하지 않고도 램프를 훔칠… 아니, 잠깐 가져올 수 있게 되었잖아!"

아이샤가 가리킨 3층 끝맺음실의 입구 앞에는 흑마법사가 만들어낸 것처럼 생긴 도서부터, 금으로 치장된 족자, 이제 막 피

라미드에서 꺼낸 듯 보이는 파피루스까지 다양한 물건들 열 개 정도가 일렬로 정렬되어 있었다. 모두 나무 모형의 탁자에 전시되어 있었고 탁자는 두꺼운 유리상자 안에 보관되어 있었다. 그리고 유리상자 위에는 엄지손가락 크기의 작은 글자 요정들이 앉아 꾸벅거리면서 졸고 있었다.

등장인물의 과거를 들려주는 램프. 기어이 아이샤는 유리상자를 열고 화려한 은색 램프를 꺼내 들었다.

"흐음, 누구야?"

그때, 유리상자 위에서 잠을 자고 있던 초록색 머리의 요정이 눈을 비비며 일어나 자신의 앞에 서있는 세 베르를 차례대로 쳐다보았다.

"뭐야, 이 시간에 누구냐니까?"

아무 말이 없자 요정은 자리에서 벌떡 일어나 경계 태세를 취했다. 아이샤와 코델리아는 중앙에 서있던 테오도르의 팔을 툭툭 치며 그에게 눈치를 주었다.

'테오, 제발. 아무 말이라도 해봐!'

"나… 리안이야! 어두워서 잘 안 보이나?"

자신을 리안이라고 말하는 베르에 요정은 작은 날개로 날아와 테오도르의 얼굴에 가까이 다가왔다. 그러고는 의심스럽다는 눈초리로 한참을 째려보다가 다시 어깨를 축 늘어뜨리고는 아이샤가 들고 있던 유리상자 위로 돌아갔다.

"하암, 정말 리안 맞네. 네가 이 늦은 시간에는 웬일이야?"

"하하, 등장인물의 과거를 들려주는 램프가 필요해서. 도정이 나한테 램프로 한 등장인물의 말을 듣고 오라고 시켰거든."

"도정이?"

"응, 근데 비밀 임무라 막 자세하게는 말 못 해줘."

테오도르의 어색한 연기에도 불구하고 요정은 정말로 그가 리안이라고 찰떡같이 믿고 있는 것 같았다. 그도 그럴 것이 안 그래도 형과 똑 닮은 얼굴에 도서관 내부까지 어두워서 그가 테오도르라는 것을 알아내기는 쉽지 않았을 터였다.

"흐음, 가져가. 우리 사서님이 필요하다는데 가져가야지, 뭐. 난 또 다른 베르인줄 알고 경계했네. 하긴 애초에 누가 감히 램프를 훔칠 생각을 하겠어. 관리자 인생 그만두고, 베르 인생까지 종 치고 싶은 게 아니면 말이야."

요정의 말에 아이샤의 눈동자가 잠시 흔들렸다. 하지만 옆에 있던 코델리아가 과거를 들려주는 램프를 들어올렸고, 그 모습에 아이샤는 다시 미소를 되찾았다. 아이샤는 다시 잠든 요정이 깨지 않도록 조심스럽게 들고 있던 유리를 탁자 위에 얹었다.

"도정이 우릴 죽일 거야. 분명해."

"괜찮아. 난 우리 형한테 먼저 죽을 거야."

"쉿, 그건 그때 가서 생각하자고!"

아이샤의 말에 코델리아는 한숨을 내쉬면서도 주머니에서

나리의 이름이 적힌 쪽지를 꺼냈고, 램프의 뚜껑을 열어 그 쪽지를 넣었다. 과거를 들려주는 램프는 이름이 적힌 이가 가장 듣고 싶어 하는 인물의 이야기를 들려주기 때문이었다.

치지지직–

코델리아가 램프의 뚜껑을 닫자 램프의 주둥이에서 누군가의 목소리가 흘러나왔다. 정체를 알 수 없는 남성의 것이었다. 마치 녹음된 것만 같은 음질이었지만 여기에서 누구도 과거를 들려주는 램프를 이용해본 적이 없었기 때문에 이상함을 느끼지는 못했다.

★

모든 비극은 내가 그들의 부름에 응하여 눈을 떴을 때부터 시작되었는지도 모른다. 내가 눈을 뜨기 직전, 그들이 작은 실수를 하나만 해주었더라도 시작되지 않을 수 있었던 비극이다. 안타깝게도 그들은 단 하나의 실수도 저지르지 않았다. 그 결과 어느 화창한 봄날, 기어이 내가 눈을 뜨고 말았다. 'K-001'이라는 이름과 더불어 대한민국 최초의 인간형 로봇이라는 거창한 수식어를 달고 말이다.

나를 깨우기 위해서 4년의 시간이 필요했고, 그전에 나를 깨울 것인지 논하기 위해서는 그보다 긴 7년의 시간이 필요했다.

11년이라는 세월과 그동안 투자된 수많은 자원, 인력, 자본은 국가 발전이나 사회 문제 해결에 사용된 것이 아니라 고작 나 하나를 깨우기 위해 투자된 것들이었다. 사람들은 내가 깨어난 것만으로도 충분히 값진 결과를 얻은 것이라 생각했는데, 언젠가 내 방을 오고 가는 연구원들의 이야기를 들어보니 그들은 자신들이 불과 11년 만에 신의 자격을 얻어냈다고 믿고 있었다.

나는 그렇게 탄생했다. 나는 인류가 지닌 첨단 기술의 집합체이자 지난 11년 동안 투자된 수많은 물질적, 비물질적 가치들이 도출한 성공적인 결과물이었다. 그러나 연구원들은 아직 '불완전'하다고 보았고, 나는 세상에 공개되지 않은 채로 13개월이라는 짧다면 짧고 길다면 긴 한평생을 연구소에서 갇혀 살았다. 화장실과 커다란 책상 하나, 침대 하나가 들어있는 작은 방이 나의 집이었고, 내가 눈을 뜬 바로 그날부터 연구원이라 불리는 하얀 옷을 입은 사람들이 매일 오전에 한 번, 오후에 한 번 나를 찾아왔다. 그들은 나에게 많은 것을 알려주었고, 해야 할 일과 하지 말아야 할 일을 구분해주었다.

'아담'이라는 이름을 지어준 것도 연구원들이었다. 언제부터인가 그들은 내가 눈을 뜨기 전부터 갖고 있던 K-001이라는 이름 대신 아담이라고 부르기 시작했다. 그 이름이 신이 최초로 만든 인간의 이름이었음을 알게 된 것은 나중의 일이었다. 그때는 몰랐으나 그들은 나에게 생명과 더불어 아담이라는 이름으로

신과 동등해지려는 의지를 보였다. 눈을 뜬 날을 시작으로 흰 가운을 입은 사람들이 매일같이 방에 들어와 내 몸을 훑었다. '검진'이라는 것을 한다고 했다. 그러다 한 번은 검진을 마치고 나가려는 연구원을 붙잡고 바깥세상에 대해 물었다.

"바깥은 도대체 어떤 세상인가요? 제 머릿속에는 바다와 산과 들에 대한 정보가 가득합니다. 하지만 제가 보는 문밖의 세상은 온통 암흑뿐이에요."

물론 돌아온 대답은 내 궁금증을 해결하는 데 조금의 도움도 되지 않았다.

"바깥이 어떤 세상이냐고? 네가 보는 것과 크게 다르지 않아. 아담, 신은 인간에게 모든 것을 허락했지만 단 하나, 선과 악을 알게 하는 열매를 먹지 말라 하였어. 하지만 인간은 결국 신의 말을 듣지 않고 열매를 먹었지. 넌 지금 내게 그 열매를 가져다 달라고 말하고 있구나."

그 이후로는 단 한 번도 연구원들에게 바깥의 세상에 대해 물어보지 않았다. 검진을 위해 내 방에 들어오는 연구원들은 요일에 따라 매번 바뀌었다. 그들은 절대로 자신의 이름을 내게 말해주는 법이 없었으므로 나는 그저 그들의 외모를 기억해 구분하는 수밖에 없었다. 그들은 검진 시간마다 내게 준비된 질문을 건넸고, 내가 어떻게 대답하는지에 따라 기뻐하기도 실망하기도 했다. 게다가 검진은 단순한 질의응답만을 의미하는 것이 아니었는데, 그들은 내 표정과 말투, 행동 하나하나까지 관찰하고 기록했다.

그날도 나는 다른 날과 마찬가지로 매일 반복되는 지루한 하루의 일과를 마친 뒤, 침대에 가만히 앉아 명상을 하고 있었다. 인간들은 이 시간을 '잠을 자는 시간'이라고 불렀다. 여느 날과 마찬가지로 어두워진 조명과 한층 더 고요해진 방 안에서는 오직 내 숨소리밖에 들리지 않았다.

똑똑똑.

어디선가 벽을 두드리는 소리가 났다. 나는 눈을 번쩍 떴고, 곧장 고개를 들어 주위를 둘러보았지만 방 안에는 나와 어두운 조명에 비친 나의 그림자를 제외하고는 아무도 없었다.

똑똑똑.

소리는 반복적으로 들리기 시작했다. 결국 난 명상을 멈추고 침대에서 일어나 천천히 중앙에 놓인 책상을 중심으로 방을 한 바퀴 돌았다. 내가 움직일 때마다 조명에 비친 나의 그림자도 따라 움직였다. 그러다 어느 순간 멈칫, 내가 멈추자 내 그림자도 멈춰 섰다.

내가 멈춘 곳은 침대와 화장실 사이에 있는 벽 앞이었다. 벽 하나를 앞두고 외부에서 들려오는 소리에 나는 처음으로 두려움이라는 감정을 느끼며 긴장을 했다. 하지만 터질듯한 흥분감을 느끼기도 했다. 지난 세월 동안 한 번도 겪어본 적이 없는 일이었기 때문이다. 게다가 연구원들은 검진 시간을 제외하고는 절대로 내 방을 방문하는 법이 없었으니 소리를 내는 것은 내가 알지 못하는 존재가 분명했다. 나는 벽에 가만히 귀를 가져다 대고 소리에 집중했다.

"거기 아무도 없어요?"

놀란 나는 급하게 벽에서 떨어졌다. 이번엔 벽을 두드리는 소리 대신 젊은 여자로 생각되는 음성이 들려왔다. 두려움에 떨고 있는 듯한 가녀린 목소리였다. 나는 급하게 내가 가진 모든 정보를 동원해 상황을 분석하기 시작했다.

'내가 눈을 뜬 그 순간부터 지금까지 한 번이라도 이와 비슷한 상황을 겪은 적이 있는가? 이런 상황이 닥쳤을 때 연구원들이 내게 어떻게 행동할 것인지 지시를 해준 적이 있는가?'

하지만 아무리 고민을 해봐도 관련 상황에 대한 대응책은 떠오르지 않았다.

"흑… 흐흑… 제발 거기 아무나 있으면 대답 좀 해봐요. 너무 무섭단 말이에요."

나는 아직 대응 방안을 도출하지 못한 상황에서 여자가 말을 이어나가자 당황했지만, 동시에 순간 나도 모르게 그녀에게 내가 존재한다는 것을 알려주고 싶다는 생각이 강하게 들었다. 그래서 고민 끝에 가장 하고 싶었던 말을 내뱉었다.

"누구세요?"

"네? 방금 뭐라고 말씀하신 거죠?"

"…."

"하여튼 거기 사람 있는 거 맞죠? 정말 다행이다…."

여자는 나의 질문을 제대로 듣지 못한 듯했다. 하지만 분명 나의 존재를 알아챘다. 나는 다시 한 번 질문을 해볼까 고민했지만 그냥 가만히 있기로 했고, 여자 역시 내 목소리를 들은 이후로는 벽을 치던 것을 멈추고 잠잠해졌다. 그날 밤, 나는 남은 명상 시간 동안 과제 대신 개인적인 고민을 했다.

'거기 사람 있는 거 맞죠…. 글쎄요. 제가 있으니까 누가 있는 게 맞기는 한데 제가 사람은 아니라서요.'

다음에도 같은 질문을 받았을 때 어떻게 답해야 할지 한참을 고민하다가 잠에 들었다.

다음 날 아침, 나는 일어나면서부터 어젯밤 나에게 말을 걸어온 여자에 대해 생각했다. 내 머릿속은 온통 정체를 알 수 없는 그녀에 대한 생각으로 가득 찼다. '여자의 정체는 무엇일까? 혹시 나와 같은 인간형 로봇은 아닐까? 내가 머무는 방 옆에도 방이 있는 걸까? 만약 그렇다면 얼마나 많은 방이 존재하는…!'

"담… 아담!"

"네? 아, 죄송합니다. 잠깐 다른 생각을 하느라 질문을 제대로 듣지 못했습니다."

멍하니 있다가 다시 정신을 차렸을 때는 오전 검진을 위해 들어온 남성 연구원 둘이 내 앞에 앉아있었다. 두 사람은 쌍둥이처럼 똑같은 뿔테안경을 쓰고 있었는데, 그중 좀 더 통통한 이가 내 이름을 부르고 있었다. 어젯밤에 내게 말을 걸어온 여자를 생각하다가 그들의 질문을 완전히 놓치고 만 것이었다.

"아담, 혹시 간밤에 무슨 일 있었어? 오늘 상태가 이상하네."

연구원들은 걱정된다는 눈빛으로 나를 바라보았다. 그들의 말이 맞았다. 나는 오늘 아침 체조 도중에도 여자를 생각하느라 스피커에서 나오는 설명을 듣지 못했다. 몇 번이나 체조를 처음부터 다시 시작했고, 샤워하는 동안에도 15분 이상 물속에 있으면 고장날 수 있다는 말을 까먹고 계속 샤워기 앞에 서서 물을 맞고 있다가 마비 증세를 보이기도 했다. 정신을 차리고 물에서 나오려 했지만 몸이 말을 듣지 않았고 내가 원하는 것보다 천천히 움직이기 시작할 때는 처음으로 크게 당황하기도 했다. 하지만 다행히 몸이 완전히 멈추기 전, 연구원들이 어떻게 알고 들어오는지 나를 눕혀서 잠깐 재운 뒤 말끔하게 고쳐주었다.

"일은요. 저 혼자밖에 없는 이 방에서 무슨 일이 있을 리가요. 아무 일 없었습니다."

난 처음으로 거짓말을 했다. 심지어는 거짓말을 하며 연구원들을 향해 웃기까지 했다. 스스로가 거짓말을 했다는 사실을 믿을 수 없었지만 나와 달리 연구원들은 내 말을 믿는 듯했다. 그들은 아무 일도 없었다는 나의 말에 잠시 서로를 마주 보고 알 수 없는 시선을 주고받기는 했지만, 별일 아니었다는 듯이 검진을 이어나갔다. 이후에도 나는 스스로 왜 거짓말을 했는지 생각하느라 검진에 집중하지 못했지만 연구원들은 크게 신경 쓰지 않았다.

다만 그들은 검진이 끝나고 방을 나가기 직전, 어젯밤 일에 대해 뭔가 알고 있다는 듯한 말투로 내게 조언했다.

"아담, 그럴 일은 없겠지만 혹시라도 누군가가 너에게 이 방을 나가자고 한다면 절대 그 말을 듣지 마. 넌 이곳에 있어야 해. 이곳이 너의 집이고, 우리가 너의 보호자야."

"이해했습니다."

"넌 이곳을 나가면 얼마 안 가서 죽고 말 거야. 오늘도 봐봐. 아까 샤워실에서 물을 조금 오래 맞았다고 곧장 몸이 마비되어 움직일 수조차 없었잖아?"

"이해했습니다."

"아담, 우린 모두 너를 믿고 있어. 알고 있지?"

"그럼요."

두 연구원은 이해했다는 나를 의미심장한 표정으로 쳐다보다가 방을 나갔다. 문이 열리고 그들이 아무것도 보이지 않는 암흑으로 나가기 직전, 나는 한 연구원이 다른 연구원의 귀에 대고 무언가 속삭이는 것을 보았지만 크게 신경 쓰지 않았다. 내 모든 생각은 어젯밤 내게 말을 걸어온 여자와 그녀의 정체를 연구원들로부터 숨기기 위해 처음으로 거짓말까지 한 나 스스로에게 향해있었기 때문이다.

나는 여자가 내게 말을 또 걸어줄지 의문이었지만 걱정할 필요는 없었다. 그녀는 다음 날 저녁에도, 그 다음 날 저녁에도 내게 말을 걸어왔다. 늘 내가 명상을 시작할 때쯤이었다.

여자의 이름은 나리였다. K-001이라는 이름과는 달리 인간적이고, 아담이라는 이름과는 달리 한국적인 이름이었다. 우리는 빠른 속도로 친해졌다. 나리는 내게 처음으로 자신의 이름을 알려준 인간이었고, 연구원들과 달리 내가 로봇이라는 사실을 알지 못하는 존재였다. 나는 나리에게 내가 인간형 로봇이라는 것을 말하지 않았고, 그녀도 내가 인간이 아님을 조금도 의심하지 않았다.

"나리, 나리는 인간인가요?"

"뭐? 그게 무슨 질문이야. 당연히 인간이지! 그럼 넌 아니야?"

"그럴 리가요."

연구원들에게 처음으로 거짓말을 한 이후로 난 거짓말을 하는 데 점차 능숙해졌다. 그리고 나리는 나와 친해지게 된 이후로 매일 밤, 종알종알 자신이 어떤 하루를 보냈는지, 예를 들면 누가 그녀에게 어떻게 행동했고 그래서 기분이 어땠는지 등의 시시콜콜한 이야기를 해주었다.

"그 사람 때문에 또 숨어서 울었어. 어떻게 말을 그렇게 심하게 할 수가 있지?"

"저런, 마음이 크게 아팠겠군요."

"나는 최선을 다하고 있는데, 아무것도 모르고…."

"그 또한 서운했겠군요."

"응…. 아담은? 아담은 오늘 하루 동안 서운한 일 없었어?"

"…네."

반면 나는 되도록 나에 대해 이야기하지 않으려 노력했다. 이곳에서 유일하게 내가 로봇임을 알지 못하는 그녀에게 정체를 들키게 될까 봐 겁이 났다. 나는 나리가 끝까지 나를 자신과 같은 인간으로 생각해주길 바랐고, 그래서 그녀가 나에 대해 물을 때면 늘 말을 돌리곤 했다.

"그나저나 나리는 어떻게 이곳에 들어오게 된 건가요?"

"아담, 너는?"

"눈을 떠보니 이곳이더군요."

"아담, 나는 이곳에서 나가고 싶어."

나리는 자신의 이야기를 해주지 않았다. 하지만 확실한 건 그녀가 나와는 달리 하루라도 빨리 이곳을 나가고 싶어 한다는 것이었다. 나리가 방을 나가고 싶다는 말을 할 때마다 그녀가 왜 그렇게 이곳을 싫어하는지 알 수 없었다. 그러다 문득 구속이 아닌 자유를 추구하는 것이 인간의 자연스러운 욕망일 수도 있겠다는 생각에 다다랐다. 아마 로봇인 나와 달리 그녀는 인간이라 밖으로 나가고 싶어 하는 것일 터였다.

매일 밤 우리는 더욱 친해졌고, 나는 그녀와 함께할수록 점차 인간을 이해하게 되었다. 게다가 나리의 존재를 알게 된 이후로 나의 하루하루는 전과 비교할 수도 없을 만큼 즐거워졌다. 매일 똑같은 일과가 반복되고, 똑같은 식사에 비슷한 검진들이 나를 기다렸지만 밤에 나리와 대화를 할 생각에 지루한지도 모르고 해가 지기만을 기다렸다.

"아담, 오늘 하루는 어땠어?"

"늘 그렇듯 똑같은 하루였습니다. 나리는요?"

"나도 똑같은 하루였어. 이곳은 너무 지루해. 하루라도 빨리 나가고 싶어. 맞다, 아담 넌 밖에 나가본 적이 없다고 했나?"

"네, 저는 연구실 밖을 나가본 적이 없습니다."

"음…. 밖은 이곳과는 아주 달라. 그곳은 알록달록해. 대신 조금 밖으로 나가는 걸로는 안 되고, 아주 멀리 나가야 해."

그녀가 무슨 말을 하고 싶은 건지는 이해할 수 없었다. 하지만 확실한 건 나리에 대한 감정이 커질수록 내가 한평생 살아온 방 안이 좁고 답답하게 느껴지기 시작했다. 나는 바깥세상이 내가 보는 암흑과 크게 다를 바 없다고 말했던 연구원의 말과 방 안과는 아주 다르다는 나리의 말 사이에서 어떤 이의 말이 진실인지 알 수 없었다.

하루는 나리가 내게 달에 대해서 설명해주었다. 나는 달이 무엇인지 알고 있었으나 실제로 본 적은 없었기에 그녀가 해주는 밤하늘의 이야기를 내가 아는 정보들과 조합하며 상상하는 수밖에 없었다. 평소에 나리와 대화할 때처럼 벽에 기대앉아 고개를 들고 그녀가 해주는 말을 하나하나 곱씹었다. 또랑또랑한 그녀의 목소리가 참으로 듣기 좋았다.

"달은 아주 밝아."

'밝아…'

"달빛은 가끔은 차갑게 느껴지기도 하지만 따뜻해."

'따뜻해…'

명상 시간이라 어둡게 조절된 조명 빛 하나가 마치 달처럼 느껴졌다. 나는 조명을 빤히 쳐다보다가 눈을 지그시 감아보았다. 눈을 감으니 마치 주변의 모든 가구와 벽이 허물어지고 나리와 내가 만나 드넓은 들판 위에서 밤하늘을 구경하고 있는 것만 같았다. 나리와 나 사이에 있던 벽은 어느새 사라졌고, 우리는 서로 등을 맞대고 앉아있었다. 그 순간 내가 그녀를 무척이나 좋아한다는 사실을 알 수 있었다.

"있잖아요, 나리."

"응?"

"나도 나가고 싶어졌어요."

나리는 아무 말이 없었다. 하지만 나는 말을 이어나갔다.

"나도 이 방을 나가서 함께 밤하늘을 구경하고 싶어요. 분명 아름다울 거예요. 난 알 수 있어요."

그날 이후로 며칠 동안 나리는 나에게 말을 걸지 않았다. 나는 밤마다 우리가 대화를 나누던 벽에 얼굴을 가져다 대고 하염없이 그녀를 기다렸지만 나리는 오지 않았다. 나리는 내가 어떤 말을 해도 대꾸하지 않았다. 애초에 내 옆에 존재하지 않았던 것만 같았다. 나는 내가 큰 실수를 해서 화가 난 나리가 나를 버린 것이라고 생각했다. 이전에도 내가 질문을 하는 바람에 연구원 한 명이 다시는 내 방에 돌아오지 않았던 것을 떠올리며, 나는 내가 같은 실수를 했다는 사실에 고통스러웠다. 나는 그 백발의 연구원을 다시는 볼 수 없었다. 나리 역시 그녀처럼 다시는 보지 못할 수도 있다는 생각에 나는 무너져 내리기 시작했다.

하지만 난 도저히 내가 무슨 잘못을 한 건지 알 수 없었고, 답답함에 미쳐버릴 것만 같았다. 다시 예전처럼 하루하루가 천천히 흘러갔고, 매일 반복되는 일상에 스스로가 쳇바퀴를 돌고 있는 기분이었다.

"나리⋯. 나리, 듣고 있어요? 거기 있으면 대답 좀 해줘요."

이제는 처음 나리가 나를 찾았던 것처럼 내가 나리를 찾고 있었다. 나는 매일 밤 그녀의 이름을 불렀다.

"아담⋯."

며칠 만에 나리가 답했다. 모든 것을 잃은 듯이 무기력하게 벽에 기대앉아 있던 나는 나리의 목소리에 허둥지둥 자세를 고쳐잡고 무릎을 꿇은 채 벽에 귀를 가져다 댔다.

"나리! 정말 나리예요?"

"응…. 나야."

나는 그녀의 목소리를 조금이라도 더 잘 듣기 위해 최대한 몸을 벽에 밀착했다.

"아담, 우리 같이 도망갈래?"

짧은 정적이 흘렀다.

"…네. 나리가 원한다면 우리 도망가요, 같이."

나리는 나를 볼 수 없었지만 나는 격하게 고개를 끄덕였다. 나는 이제 더 이상 그녀 없이는 살아갈 수 없는 몸이었다. 더 이상 어항에 갇혀있고 싶어 하지 않는 물고기였다. 내가 한평생 살아온 나의 방은 이제 좁고 답답한 어항에 불과했다. 방 밖에는 칠흑 같은 어둠만이 있었지만 나리의 손을 잡고 이곳을 나간다면 그러한 어둠 또한 밤하늘처럼 느껴질 것이었다. 나리가 나의 달이었으니 말이다.

다음 날 아침, 오전 검진을 마친 나는 평소와 다름없이 화장실에 들어가서 샤워를 시작했다. 물 안에 들어가지는 않았고, 샤워기를 켜둔 채 옆에 서서 흐르는 물을 바라보기만 했다. 아마 화장실 천장 어딘가에 부착된 카메라에는 내가 물을 맞고 있는 것처럼 보일 것이었다.

삐이이이이!

샤워기를 켠 지 10분이 넘어가자 샤워기에 부착된 장치에서 소리가 나기 시작했고, 13분이 넘어가자 물을 끄라는 목소리가 흘러나왔다. 하지만 난 이를 무시하고 계속 물을 틀어놨다. 어느 순간 15분이 지났고, 조금 더 기다려보니 밖에서 문이 열리는 소리가 들렸다.

"아담! 내가 15분 이상 물을 맞으면 안 된다고 말했잖아. 며칠 전에도 고장이 날 뻔한 걸 잊은 거야?"

50대로 보이는 연구원 한 명이 홀로 방에 들어왔고, 그는 곧장 내가 있는 화장실 문을 열고 들어왔다. 그 순간 나는 그를 덮쳤고, 그는 내게 밀쳐져 화장실 벽에 머리를 세게 박고 그대로 쓰러졌다. 외상은 없어 보였지만 기절했는지 움직이지 못했다. 나는 즉시 그가 입고 있던 하얀 가운을 벗겼다.

다시 화장실을 나왔을 때, 나는 그가 되어 있었다. 연구원이 입고 있던 하얀 가운을 걸친 나는 고개를 푹 숙인 채로 천천히 화장실을 걸어 나와 문으로 걸음을 옮겼고, 굳게 닫혀있는 철문 앞에 섰다. 그러자 자동으로 문이 열렸고, 예전에도 흘깃 보았던 방 밖의 세상, 어둠이 나를 덮쳤다. 나는 겁먹지 않았다. 달이 더 빛나기 위해서는 어둠이 더 짙어야 하는 법이었다. 잠시 뒤를 돌아 내가 한평생 살아왔던 나의 방을 둘러보았다. 화장실 하나,

침대 하나와 책상 하나. 다시 봐도 매우 작은 공간이었다. 그러고는 한 발자국, 그리고 다음 발자국. 나는 아무것도 보이지 않는 어둠 속을 천천히 걸어 나가기 시작했다. 한 치 앞을 볼 수 없었지만 두렵지는 않았다.

"나리, 어디 있어요?"

나는 보이지 않는 어둠 속에서도 가장 먼저 나리를 찾았다.

"나리, 나 방을 나왔어요. 이제 우리 같이 밖으로 나가요."

하지만 아무런 대답도 들리지 않았고, 갑자기 엄청난 밝기의 빛이 나를 감쌌다. 나는 서둘러 팔을 들고 눈을 가려보았지만 이미 너무 급작스럽게 빛을 흡수한 나의 인공 안구는 제 역할을 하지 못했다. 다행히도 곧 빛은 점차 약해졌고 어느새 내가 머물던 방 안과 비슷한 밝기가 형성되었다. 덕분에 시야를 확보할 수 있게 되었고, 처음으로 방 밖의 세상을 보았다.

"말도 안 돼…."

방 안에서 나온 나는 다시 커다란 방 안이었다. 눈앞에는 온통 내가 가득했다. 방을 가득 채운 온갖 모니터에는 내 사진과 동영상이 가득했고, 근처에 놓인 바구니에는 어제 내가 벗어둔 옷이 그대로 들어있었다. 그 옆에는 내가 식사 시간에 섭취하는 캡슐이 담긴 통들도 한데 모여있었다.

가장 충격적인 것은 나로 가득한 방이 존재한다는 사실이 아니었다. 이 정도는 검진 시간마다 연구원들이 나의 모든 대답과 행동을 기록할 때부터 어느 정도 예상하던 바였다. 나에 대한 모든 정보를 그들이 가지고 있다는 건 이미 알고 있었기에 놀랍지 않았다. 진짜 충격적인 것은 방 밖의 세상이 아니라 밖에서 보는 방 안의 세상이었다.

나는 내가 걸어 나온, 내가 한평생 살아온 나의 작은 방을 보았다. 커다란 방 안에 작은 방이 하나 더 있었던 셈이었다. 게다가 창구 구멍과 출입구를 제외한 방의 모든 면은 모두 유리로 이루어져 있었는데, 안에서는 바깥이 조금도 보이지 않았지만 밖에서는 내 침대와 책상, 화장실까지도 모두 볼 수 있었다. 나는 정말로 커다란 유리 어항에 살고 있었다.

나는 어느새 나리를 찾는 것을 잊고는 내가 지내던 방으로 가까이 다가갔다. 유리 벽을 만졌고, 더 가까이 다가가 내가 지내던 유리 안의 세계를 관찰했다. 연구원들은 내가 아침에 일어나서 밤에 잠이 드는 순간까지 모두 관찰하고 있었다. 내가 나리하고 대화하는 것까지, 평범한 벽인 줄 알고 유리 벽에 기대어 그녀와 밤하늘을 상상하던 것까지 모두 관찰당하고 있었다. 그러자 순간 나리가 생각났다. 내가 지내던 방이 커다란 방안에 들어 있는 또 다른 작은 방에 불과한 것이라면 나리는 도대체 어디에서 지내고 있었던 것이란 말인가?

"아담!"

그때 뒤에서 나리의 목소리가 들려왔다. 나는 천천히 뒤를 돌아보았다. 내가 어떤 표정을 짓고 있었는지는 기억나지 않는다. 나리는 없었다. 내 시선이 닿는 곳에는 중년 남성 연구원 한 명이 서있었다. 그는 조금 전 방을 나오기 위해 내가 화장실에서 넘어뜨린 연구원이었다.

"이게 무슨…. 그럼 저기에 누워있는 건 누구지?"

"아하하, 저걸 말하는 거냐?"

연구원이 가리키는 곳에는 그와 똑같이 생긴 사람이 누워있었다.

"*아담, 15분 이상 물을 맞으면 안 된다고 했잖아! 아담, 15분 이상 물을 맞으면 안 된다고 했잖아! 아담, 15분 이상 물을 맞으면 안 된다고 했잖아!*"

내가 쓰러뜨린 것은 연구원이 아니라 그를 닮은 로봇이었다. 화장실에 쓰러져있는 로봇은 바닥의 흥건한 물에 고장이 났는지 비정상적으로 고개를 움직여가며 같은 말을 반복했다.

"아담! 요 말썽꾸러기 녀석. 그렇게 밖으로 나오지 말라고 했는데도 말을 듣지 않고 말이야!"

"나리는 어디에…."

"나리? 아, 이걸 찾는구나?"

연구원은 하얀 연구 가운에서 주섬주섬 조그맣고 네모난 녹음기를 꺼냈다.

"*아담, 내가 나리야.*"

그가 재생 버튼을 누르자 녹음기에서는 젊은 여성의 목소리가 흘러나오기 시작했다. 나리의 것이었다. 연구원은 녹음기를 바라보는 내 표정을 관찰하더니 갑자기 크게 웃기 시작했다.

"아담. 너 이제 정말로 사람이 다 되었구나? 네가 네 표정을 봐야 하는데 말이다! 근데 어쩌냐? 나는 나리가 아니라 이 프로젝트의 수석 연구원이다. 네놈 아버지라고도 할 수 있지."

그는 뭐가 그렇게 웃기는지 배를 부여잡고 한참을 웃었다. 어찌나 거세게 웃던지 눈물까지 흘릴 정도였다. 그리고 그렇게 나를 앞에 세워둔 채로 한참을 웃던 연구원은 마침내 숨을 고르며 나를 향해 양팔을 뻗었다.

"진정한 인간이 된 것을 축하한다."

그 다음은 잘 기억나지 않는다. 내가 도망치려 했는지 아니면 무기력하게 그 자리에서 얼어붙었는지도 생각나지 않는다.

다시 눈을 떴을 때는 처음 보는 공간에 누워있었다. 이전에 머물던 방에서 사용하던 푹신한 침대와 달리 차갑고 딱딱한 곳이었고, 몸을 움직일 수가 없었다. 누워서 눈동자만 이리저리 굴리며 상황 파악을 하고 있을 동안 쓰러지기 전에 보았던 연구원은 위에서 나를 관찰하고 있었다.

"연구원님. 나리는 어디에 있는 건가요?"

"아직도 나리 타령이냐? 글쎄다? 아마 달을 보며 너를 기다리고 있겠지? 오늘은 보름달이 뜨는 날이니 말이다. 그 아이도 여간 멍청해야지. 널 풀어줄 거라는 말을 순순히 믿다니."

'미안해, 나리. 약속을 지키지 못할 것 같아.'

눈을 감으며 내가 눈을 뜨기 전이었던 그 '무'의 세상으로 돌아가길 간절히 빌었다. 하지만 이번에도 그들은 단 하나의 실수도 저지르지 않을 것이고, 나는 다시 눈을 뜨게 될 것이었다.

★

탁!

코델리아가 떨리는 손으로 램프 뚜껑을 열자 이야기는 끝이 났다. 코델리아의 얼굴은 새하얗게 질려있었다.

"오늘 밤은 마을에 보름달이 뜨는 날이야. 그때까지는 할머니랑 같이 있어 드려야겠어."

"하지만… 우리는 좀 있다 해가 뜨면 돌아와야 하는걸?"

"그래, 일단은 여기 있다가 다음 휴가 때 다시 할머니를 뵈러 가자."

나중에 다시 가자는 테오도르의 말에 코델리아는 단호히 고개를 저었다.

《달이 뜨는 마을》에는 진짜 달이 뜨지 않아. 미술가인 주인공이 그려낸 가짜 달이 뜨지. 그래도 1년에 딱 한 번 가짜 달 대신 진짜 보름달이 떠오르는데, 그때면 할머니의 기억이 돌아오 거든. 아주 조금이지만 베르로서의 기억을 하신단 말이야. 혼자 두면 아담을 생각하게 될 거야."

코델리아는 이미 출국실을 향해 걸음을 옮기고 있었다.

"안 될 것 같은데, 3층에서 램프를 훔친 데다가 복귀하는 시 간까지 맞춰서 오지 않으면 그땐 진짜로 관리자직을 파면당할 것 같은데…."

말은 그렇게 하면서도 아이샤와 테오도르는 이미 코델리아 와 함께 출국실로 걸음을 옮기고 있었다. 불안정해 보이는 코델 리아를 홀로 이야기 속에 남겨두고 매니테일에 돌아올 수는 없 었다.

그렇게 다시 《달이 뜨는 마을》 속으로 돌아간 세 베르는 곧장 나리에게로 갔다. 그녀는 자신의 방 창문을 열고 창틀에 기대어 환한 보름달을 바라보고 있었다.

"같이 달을 보러 가자는 약속을 못 지킬 줄 알았으면 달에 대 해 조금 더 자세히 말해줄걸 그랬어…."

그때 저녁을 먹고 산책을 다녀온다던 코델리아가 그녀의 친 구들을 데리고 돌아오는 모습이 보였다. 아마 산책을 간다던 것 은 거짓말이고, 두 친구 역시 베르일 것이다.

"다녀왔니? 밤 산책은 어땠어?"

다음 날 아침, 해가 뜨자마자 눈이 퉁퉁 부은 상태로 나리와 작별 인사를 한 아이샤와 테오도르, 코델리아는 매니테일의 출국실과 연결된 이야기의 입구, 숲속 바위에 올라섰다. 눈을 감았다 떴을 때는 이미 입국실 안이었다.

"방문은 즐거우셨나요?"

역시나 무뚝뚝한 얼굴의 입국실 소속 관리자가 감정 없는 표정으로 그들에게 인사를 건넸다. 그는 세 베르를 쳐다보지도 않은 채 귀찮다는 표정으로 빨간 버튼을 눌러 그들을 가로막고 있던 차단기를 올려주었다. 아이샤는 어젯밤 몰래 매니테일에 왔던 것과는 확연히 다른 모습의 활기찬 출입국관의 모습에 정신을 차리지 못했다. 인파에 이리저리 치이다가 겨우 앞서서 입국실을 나왔던 테오도르와 코델리아를 찾았다.

"좀 기다려주지, 사람도 많은데…. 얘들아? 나 여기 있어!"

그러나 두 베르는 아이샤에게 관심도 주지 않았다. 그들의 눈앞에서는 엄청난 광경이 펼쳐지고 있었기 때문이었다.

"훌쩍훌쩍."

"에에에에… 에취!"

"킁킁! 에취, 킁!"

출입국관을 방문한 인간들은 모두 심하게 재채기를 하거나 코를 훌쩍이고 있었다. 얼마나 심하게 재채기를 했는지 붉게 충혈된 눈으로 눈물까지 줄줄 흘리는 이들도 있었다.

"저기, 대체 왜 이렇게 기침을 하시는 거예요?"

아이샤는 평범한 회사원으로 보이는 이를 붙잡고 물었다. 그는 1초에 한 번씩 코를 훌쩍이고 있었는데, 자세히 보니 마치 술을 심하게 마신 사람의 코처럼 붉게 헐어있었다.

"아, 요즘 독감이 유행이거든요. 주변에서 조심하라고 하는 말을 듣기는 했지만 저도 걸리게 될 줄은 몰랐네요…. 휴, 이번 독감은 특별히 더 힘든 것 같아요. 며칠 전부터 열이 심하게 나더니 지금은 콧물이 멈출 줄 모르고 흐르고 있어요. 훌쩍."

회사원의 말에 아이샤는 걱정된다는 듯한 표정을 지었다. 아마도 며칠 전에 도서관에 나타났던 책벌레 녀석들 때문일 것이었다. 매니테일에서 책벌레는 인간들에게는 질병을 의미했다. 책벌레가 지나가는 곳과 그들이 갉아먹은 책장에서는 전염병이 발생했고, 책벌레에게 물린 도서의 주인들은 모두 질병에 걸리게 되었다. 책벌레는 자료실 봉인서에 넣어두어도 몸집이 작아서 그런지 자주 봉인서를 열고 도서관에 출몰하는 골칫덩어리들이었다. 책벌레가 출몰할 때면 관리자들은 직접 손으로 벌레를 잡아 4층에 가져다주어야 했다.

"대체 일주일 동안 무슨 일이 있었던 거야…."

세 베르는 당황한 얼굴을 숨기지 못했다.

"일단은 본관으로 돌아가자고."

그렇게 본관에 도착했을 때 2층 열람실 관리자들은 모두 유니폼 소매를 최대한 걷어 올린 채로 바쁘게 커다란 은색 양동이를 들고 이리저리 움직이고 있었다. 게다가 도서관 책장에는 진득거리는 노란 액체가 이곳저곳에 묻어있었는데 이는 층에 상관없이 모두 비슷한 풍경이었다.

"어어, 거기 길 막지 말고 비켜!"

양동이를 나르는 관리자들은 가만히 서서 그 광경을 지켜보고 있던 세 베르를 간신히 피하면서 급하게 4층 자료실 소속 관리자들에게 무언가 가득 찬 양동이를 넘겼다. 그 안에는 꾸물거리는 책벌레들이 가득 담겨 있었다.

"에취, 에취!"

그 모습에 아이샤와 코델리아는 눈썹을 잔뜩 찡그렸고, 테오도르는 아까 만난 회사원처럼 재채기를 해대기 시작했다.

그때, 뒤에서 불안할 정도로 익숙한 목소리가 들려왔다.

"오, 여기 어제 매니테일로 돌아와야 했던 분들이 계시네?"

매니테일의 사서, 도정이었다.

"우리 세 분은 어디에서 무얼 하고 계셨던 걸까? 마치 이제야 입국하신 것 같은 기분이 드는 건 이 도정만의 착각인가?"

슈우우욱!

아이샤가 뭐라 변명을 하기도 전에 저 멀리서 종이비행기 하나가 날아왔다. 종이에 말을 적어 전달하는 건 1급 관리자들만의 고유한 능력이었는데, 종이가 비행기 모습을 한 것을 보니 출입국관의 1급 관리자 브라운으로부터 온 소식일 테였다. 종이비행기는 천천히 열람실 안을 배회하더니 도정과 세 베르의 머리에서 빙빙 돌았다. 그러다 툭 도정의 어깨에 내려앉았다.

"도정, 네가 어제부터 찾던 수습생들 말이야. 아이샤, 테오도르 그리고 코델리아. 조금 전에 입국한 거로 뜨는데? 아직도 못 찾았어?"

"그랬구나, 방금 입국했구나? 나는 그런 줄도 모르고 밤새 생활관이랑 본관을 돌아다녔네?"

도정은 차분하게 웃으며 세 베르를 향해 천천히 걸어왔다. 아이샤는 그가 사람 좋은 미소를 지어 보이는 모습에 소름이 돋는 것을 실시간으로 느끼며 차라리 그가 자신들을 크게 혼냈으면 좋겠다고 생각했다.

"도정, 그게 아니라요. 일단 거기 서서 우리 대화를 먼저 좀 해볼까요? 저희도 다 사정이 있어서, 억!"

"죄송합니다. 바로 사서실로 내려가면 될까요?"

아이샤는 도정에게 무언가 변명을 해보려 했지만 코델리아에 의해 막히고 말았다. 아이샤는 코델리아가 밟은 왼발을 땅에서 뗀 채 한발로 콩콩거리며 고통스러워했지만 아무도 그녀에게 관심을 가지지 않았다.

"아, 왜 갑자기 발을 밟아!"

그러나 곧 아이샤는 테오도르가 등 뒤에 숨기고 있던 등장인물의 과거를 들려주는 램프를 보고는 코델리아가 자신의 입을 막은 이유를 눈치챘다. 주어진 휴가보다 하루 늦게 입국한 건 3층에서 램프를 훔친, 아니 빌린 것에 비하면 새 발의 피 수준인 잘못이었다. 세 베르 중 누군가는 아무도 몰래 램프를 원래 자리에 가져다 둬야 했다. 특히나 책벌레로 인해 온 도서관이 정신없이 돌아가고, 자료실 소속 관리자들까지 아래층으로 내려와 일손을 돕고 있는 지금만큼 그들의 잘못을 들키지 않을 좋은 기회는 없었다.

"코델리아 말대로 일단은 사서실로 가는 게 좋을 것 같아요. 가면 좀 솔직하게 제 죄를 시인할 수 있을 것 같아요. 벌을 받아야 마땅해요. 사서실로 갈게요."

도정은 서로 눈치를 주고받는 세 베르를 보며 의심스럽다는 눈빛을 지었지만 자신의 정장 옷깃을 곧게 펴고는 휙 뒤돌아서 사서실로 걸음을 옮겼다.

"사서인 나는 휴가도 가지 못했는데, 수습생들이 첫 휴가부터 농땡이를 피우고 하루 늦게 복귀해? 매니테일이 거꾸로 돌아가는군. 이번 일은 절대 쉽게 넘어가지 않을 테니 각오는 단단히 하라고!"

도정이 뒤를 돌아서자마자 아이샤와 코델리아는 테오도르를 보며 눈으로 무언의 사인을 주었다. 자신들이 그를 사서실에 붙잡아둘 테니 최대한 빨리 램프를 돌려주고 오라는 의미였다.

"뭐야? 안 와?"

"가요! 지금 가요!"

"에취! 에취! 에… 에취!"

책장에 붙어있던 책벌레를 잡고 있던 아이샤의 옆에서 테오도르가 계속해서 재채기를 해댔다. 그는 복도에서부터 계속해서 코를 훌쩍거리더니, 열람실 책장에 가까워지면서부터는 보는 사람까지 걱정이 될 정도로 심하게 재채기까지 하기 시작했다.

"테오, 넌 저 멀리 가 있으라니까? 왜 자꾸 재채기하는 거야?"

"미안… 에취! 내가 하고 싶어서 그러는 게 아니라… 에취!"

그때 코델리아가 다가와서 테오에게 손수건을 건넸다.

"아마 책벌레 알레르기를 가지고 있는 걸 거야."

"책벌레 알레르기?"

"응. 간혹 인간뿐 아니라 베르 중에서도 책벌레의 진액에 알레르기 반응을 보이는 이들이 있다고 들었어. 아마 테오도 그런 게 아닐까?"

코델리아가 말을 하는 동안 누런색을 띤 커다란 애벌레가 책장을 타고 내려왔다. 아이샤는 표정을 잔뜩 찡그리면서 두 손으로 직접 애벌레를 붙잡아 옆에 있던 양동이에 집어넣었다. 아이샤의 손에 잡힌 애벌레는 꿈틀거리며 발버둥을 쳤지만 양동이에 들어가자 이내 가만히 잠에 들었다.

아이샤는 애벌레가 있었던 책장을 다시 확인했는데, 코델의 말대로 애벌레가 이동한 자리에는 진득한 노란색 진액이 잔뜩 묻어있었다. 그 모습이 마치 콧물과도 같아 보였다.

"그래도 책벌레 100마리로 끝나서 다행이야. 그리고 둘 다 고마워. 덕분에 잠깐이나마 할머니와 같이 있어드릴 수 있었어."

"헤헤, 별말씀을. 그래도 그렇게 고마우면 나 대신 저 애벌레 좀 잡아줄… 에취!"

그때 옆에 서있던 테오도르가 미친 듯이 재채기를 해대기 시작했다. 테오도르는 코델리아가 넘겨준 손수건으로 코를 풀고 있었다.

"쿵! 쿵! 에취!"

그 모습에 코델리아는 그제야 생각났다는 듯이 눈을 키우며 자신이 건넨 손수건의 정체를 밝혔다.

"아, 맞다. 테오, 그거 책벌레 진액을 닦은 수건이야."

6
평범함 속의 특별함

아이샤와 테오도르는 입을 쭉 내민 채 양팔을 들고 매니테일의 로비 앞에 서있었다. 조그만 주먹들이 하늘을 향해 시위하는 것처럼 보였지만 현실은 도정에게 혼이 나는 중이었다. 관리복을 입은 이들이 신기하다는 듯 벌을 서고 있는 두 베르를 힐끔거리며 지나갔다. 아이샤와 테오도르는 다른 베르들이 전부 지나다니는 곳에서 혼이 나니 부끄러운지 잔뜩 상기된 얼굴을 하고 있었다.

"예비생으로 들어온 지 반년이 다 되어가는데 아직도 이런 말도 안 되는 실수를 해?"

도정은 팔짱을 낀 채 자신보다 한참 작은 두 베르를 향해 화를 내고 있었다. 예비생 실습을 온 아이샤와 테오도르가 다른 예비생들과 떨어져 도서관 내부를 함부로 돌아다니다가 도서에 큰 실수를 저지르고 만 것이었다.

"둘 중에 누가 그랬는지 솔직하게 말하면 나머지 한 명은 집에 보내줄게."

"…."

"누가 도서에 침을 발라놨냐고 묻잖아!"

도정은 침으로 범벅된 도서를 집게손가락으로 집어 두 베르의 눈앞에 들이밀었다. 그가 도서를 흔들자 사이사이로 축축하게 젖은 페이지들이 팔랑거렸다.

"저희 아버지는 신문을 볼 때마다 손에 침을 발라서 넘기셨는 걸요."

테오도르가 울먹이며 말했다. 그 말에 도정은 어이가 없는지 실소를 지으며 도서를 들지 않은 손으로 이마를 짚었다. 얼굴에 비해 과하게 큰 안경을 쓴 테오도르는 겁을 먹은 듯 안색이 창백했다. 도정은 이미 범인이 테오도르라는 사실을 알 것 같았지만 그 옆에 서있던 아이샤는 억울한 표정을 지으면서도 절대로 자신이 아니라고는 이야기하지 않았다. 그 모습을 본 도정은 굳이 범인을 짚어내지 않기로 했다.

다행히 테오도르가 침을 묻혀놓은 도서는 예비생들을 위해 만들어진 교재였다. 만약 인간의 도서였거나 침 때문에 도서에 적혀있던 단어가 변형되어 문장의 의미가 바뀌기라도 했다면 일이 아주 커질 뻔했다. 한숨을 내쉰 도정은 두 베르에게 큰 소리로 관리자 서약을 열 번 외치게 하곤 돌려보냈다.

"첫째, 관리자는 도서에 개입하지 않는다!"

"둘째, 관리자는 도서에 해를 가하지 않는다!"

"셋째, 관리자는 도서를 탐하지 않는다!"

하지만 그다음 날도 아이샤와 테오도르는 똑같은 자리에서 똑같은 자세로 손을 들고 서있었다. 게다가 전날과는 비교할 수도 없을 만큼 심각한 분위기였다.

"도서를 빼돌려서 어떻게 할 생각이었는지 말해. 왜 그런 짓을 했는지 제대로 설명해야 할 거야."

"처, 처음부터 빼돌릴 생각은 없었어요. 그저 불쌍하다고 생각해서…."

도서를 훔친 이유는 간단했다. 도서의 주인이 안쓰러웠다. 아이샤와 테오도르는 예비생 교육을 마치고 집에 돌아가기 위해 출입국관으로 향하던 중이었는데, 복도를 지나가다가 3층 끝맺음실 관리자들의 대화 소리가 귀에 들어왔다. 그들은 바퀴가 달린 책꽂이를 옮기며 도서에 관한 이야기를 하고 있었다.

"이 도서는 나이도 어린데 어쩌다 벌써 3층으로 왔나 몰라."

"그게 말이야, 아까 2층 열람실 소속 관리자가 확인하는 걸 보니까…. 극단적인 선택을 했다지."

두 관리자는 복도에 아무도 없다는 걸 확인하고는 이동하는 내내 도서에 관한 이야기를 했는데, 사실 그들의 뒤에 아이샤와 테오도르가 조용히 따라오고 있었다. 대화를 엿듣던 아이샤는 관리자들이 한눈을 판 사이 이동 중이던 책꽂이에서 그들이 이야기하던 도서를 훔쳤다. 그러고는 도서를 꼭 끌어안은 채 관리자들의 반대 방향으로 세차게 달리기 시작했다. 아이샤는 도서를 도와주고 싶었다. 2층 열람실은 산 자들의 도서가 머무는 곳이고, 3층 끝맺음실은 죽은 자들의 도서가 놓이는 곳으로 끝맺음실의 책꽂이에 꽂히는 순간 도서는 더 이상 글을 써 내려갈 수 없었다.

도서를 살리기 위해 3층으로 이동 중이던 도서를 2층으로 되돌려보낸다는 계획은 어린 예비 관리자로서 할 수 있는 최선의 발상이었고, 아이샤는 도서가 층을 옮기기 전에 훔쳐서 몰래 열람실에 돌려놓을 생각이었다. 떨리는 마음에 도서를 꼭 안고서는 앞도 보지 않고 복도를 뛰어가던 와중에 테오도르가 도정과 부딪혀 들키기 전까지는 말이다.

"정말이에요! 사정이 딱해서…. 그 도서는 3층으로 가기에는 너무 어리잖아요."

아이샤는 정의롭고 감수성이 풍부한 베르였다. 하지만 도서관에서 일을 하게 되면 이보다 더 가슴 아픈 사연들을 마주해야 했고, 그때마다 지금과 같은 반응을 보일 수는 없었다. 도정은 사서로서 어린 예비생들에게 관리자가 해야 할 옳은 행동을 가르쳐야 했다. 제시된 관리자의 선을 지키지 못하는 베르라면 관리자로 임명할 수 없었으니, 도정은 아이샤를 엄하게 혼내기 시작했다.

"그걸 네가 어떻게 판단하지? 그리고 왜 판단하지? 관리자는 도서의 내용에 관여하지 않는다. 어제 너희가 외친 서약의 첫 번째 조항이야. 누가 네게 인간의 선택이 옳은지 아닌지 판단할 권한을 주었지? 관리자에게 그런 권리는 존재하지 않아."

"어… 하지만 저는 아직 예비생이니까 정확히 말하면 관리자는 아닌걸요?"

"오, 지금 나랑 말장난이나 하겠다는 거지? 그럼 지금이라도 관리자 공부 따위는 때려치우고 이야기 속으로 돌아가."

"그게…."

"넌 인간이라는 존재를 조금도 이해하지 못하고 있어. 그렇게 네 생각이 옳은 것 같고 그걸 인간에게 강요하고 싶다면 지금이라도 예비생을 그만두고 나가."

"…잘못했어요. 다시는 이러지 않겠습니다."

어찌나 호되게 혼났던지 아이샤와 테오도르는 눈물을 찔끔 흘렸지만, 도정은 개의치 않고 두 베르가 빼돌렸던 도서를 담당 관리자들에게 돌려주었다. 그러고는 다시 한 번 서약의 내용을 큰 소리로 읊게 했다. 아이샤의 얼굴은 전날처럼 부끄러움에 붉어졌는데 이번에는 다른 이들이 지켜보고 있어서가 아니었다. 자신이 저지른 잘못에 대한 후회와 동시에 그 잘못을 이해할 수 없어 분한 듯한 표정이었다. 하지만 그렇다고 관리자가 되는 걸 포기할 수는 없었기에 목청이 터져라 서약의 내용을 외쳤다.

★

불길할 정도로 밝은 아침이었다. 시계는 벌써 매니테일 시간으로 오전 8시를 가리키고 있었지만 아이샤는 아직까지도 침대에 누워 단잠에 빠져있었다.

"개입하지 않는다…. 흠냐… 개입하지 않는다…."

아이샤는 문득 이유를 알 수 없는 개운함에 눈을 번쩍 떴다. 다급하게 고개를 돌리니 옆에는 이미 주인 깨우기를 포기한 알람 시계가 조용히 시간을 보여주고 있었다.

"뭐? 벌써 8시라고? 나 아직 씻지도 못했는데!"

침대를 박차고 일어난 아이샤는 수건을 챙겨 쏜살같이 욕실로 들어갔다. 잠시 후, 아이샤는 열람실의 커다란 입구 옆에 찰싹 달라붙어 그 안을 바라보고 있었다. 아직 덜 말라 축축한 머리카락이 목에 닿는 것이 끔찍하게 싫었지만 그런 걸 신경 쓸 겨를이 없었다. 아이샤는 최선을 다해 서둘렀지만 결국 지각을 하고 말았는데, 늦은 걸 들키지 않기 위해서는 입구 근처에 관리자들이 사라질 때까지 기다렸다가 들어가야 했다. 아이샤가 입구에서 기웃거리는 동안 바로 옆으로 관리자 한 명이 지나쳐 열람실 안으로 들어갔다. 그 관리자는 자신의 키보다 높게 쌓인 어마어마한 양의 책을 들고 있었다.

'와, 저걸 중앙계단으로 들고 왔단 말이야?'

아이샤는 앞도 제대로 보이지 않을 것 같은 높이의 책을 들고 우다다 뛰어가는 관리자를 보며 놀란 표정을 감출 수가 없었다. 그때 갑자기 뒤에서 싸우는 소리가 나기 시작했다.

"아무리 생각해도 이해가 안 된다. 네가 어떻게 나한테 그럴 수가 있냐? 아니, 어째 우리한테 그러는 거여?"

"네가 먼저 나를 배신했으니까 그렇제!"

아이샤의 뒤에는 중년 남성 두 명이 싸우고 있었다. 아이샤는 주위를 둘러보며 언제부터 두 남자가 여기에 있었는지 생각했지만 2층 입구는 로비의 중앙 계단을 통하지 않고는 도달할 수 없는 위치였다. 의아했지만 아이샤는 일단 최대한 싸움에 끼지 않기 위해 조용히 계단의 난간 옆으로 붙어 지나갔다.

"거기, 학생. 이리 와봐요."

두 남성은 싸우던 도중 아이샤를 불러 세우더니 다짜고짜 둘 중 누가 옳은지 판단해달라고 말했다.

"우리끼리는 암만 이야기를 해도 결론이 나질 않으니 학생이 한번 들어보고 누가 더 잘못했는지 말해봐요."

그러더니 아이샤의 의견은 묻지도 않고 자신들의 이야기를 하기 시작했다.

"나는 진수, 쟈는 현수. 우린 어릴 적부터 알고 지낸 주정군 토박이들이여."

두 사람은 같은 동네에서 나고 자라 같은 학교를 다니고 성인이 되어 가정을 이루게 된 이후에도 이웃집에 붙어살 정도로 친한 사이였다. 친구끼리는 외모도 닮는다는데, 두 사람의 우정이 얼마나 진했는지 처음 보는 사람들 중에는 둘을 형제지간으로 오해하는 경우도 있었다.

50년이 넘는 세월 동안 유지되던 두 사람의 우정이 무너지는 건 순식간이었다. 진수네 집안은 주정군에서 대대로 농사를 지어 생계를 유지했다. 진수 역시 아버지의 밭을 물려받아 고구마를 주로 재배하는 농부였다. 그와 달리 동사무소에서 일을 하던 현수는 쉰 살이 되던 해에 새로운 도전을 해보겠다며 일을 때려치우고 그동안 모아둔 돈으로 카페를 차렸다. 현수가 여태 모아둔 돈을 전부 부어 카페를 차린 것이었지만 주정군에는 인구가 많지 않았고 그마저도 대부분이 노인이라 카페를 이용하는 이용객은 더더욱 적었다.

"김진수 님. 동의하시면 이곳에 사인을…."
"아니, 이쪽은 현수고, 저짝이 진수라니까."

"현수야, 너도 빨리 사인해라. 우리가 여기 사인만 하면 주정군이 시골 바닥에 국내 최고의 리조트를 지어주겠다고 안 하냐. 그럼 주정군에 여행 오는 사람들도 많아질 거고, 망해가는 내 카페도 상황이 좀 나아지지 않겠냐?"

"진수야, 저 사람들이 나한테 땅을 팔라고 하더라. 리조트 옆에 골프장을 지을 건데 그걸 내 땅 위에 짓겠다고 말이다. 그러면 나는 고구마 밭이고 뭐고 다 끝나는 거다."

"그 대신 땅값을 잘 쳐주겠다고 말하지 않았냐."

진수가 밭을 더 사들여 농사일을 키워보겠다는 꿈을 꾸고, 현수가 카페를 접고 다른 일을 알아봐야겠다는 생각을 했을 때쯤, 주정군에 정장을 입은 이들이 돌아다니기 시작했다. 그들은 자신을 한 대형 건설사의 직원들이라고 소개했다. 그들이 제안한 초호화 대형 리조트 사업을 두고 주정군 사람들은 분열을 겪기 시작했다. 자영업자들은 동네에 이용객을 늘려주겠다는 리조트 건설에 동의하고 나섰고, 오랫동안 주정군에서 농사일을 하던 이들은 땅을 모조리 팔고 나가라는 말에 리조트 건설을 반대했다.

진수와 현수의 우정이 부서진 건 현수가 다른 농업인들과 함께 리조트 건설 반대 농성 시위를 하던 날이었다. 이러다 정말 리조트 사업이 무산될 것 같다는 생각에 진수와 다른 자영업자들은 시위를 하던 모든 이들을 불법 시위와 영업 방해로 고소했다.

그리고 고소를 당한 다음 날, 현수는 시위에 참가했던 이들과 함께 진수의 카페를 찾아와 유리창을 모두 박살 내고 돌아갔다.

"네가 어떻게 나를 고소를 하냐, 진수 이 자식아."

"현수야, 리조트 사업이 무산되면 나는 카페 망하는 건 물론이고 거기에 부은 돈까지 다 날아가는 거다. 그냥 나보고 죽으라는 말인데, 너는 어떻게 그걸 반대하고 나서냐."

"아니제. 리조트가 생기면 나는 우리 할아버지 때부터 하던 농사 다 접고 땅 팔고 나가야 하는데, 고걸 동의한 네가 나쁜 놈 아니겠냐?"

다행히도 얼마 안 가 두 사람은 합의를 보게 되었다. 건설사가 주민들의 의견을 반영하여 리조트 위치를 수정하는 방향으로 건설을 추진하기로 했기 때문이었다.

"저기… 지금은 잘 해결된 거 아닌가요?"

"해결이 되기는 혔지. 서로 사과도 했고, 화해도 했어."

"그런데 아직도 술 마시다 그때 이야기만 나오면 화가 나는 거 있제. 아무리 생각해도 진수 쟈가 나헌티 그러면 안 됐는데 말이야. 누가 동사무소에서 일하던 놈 아니랄까 봐 친구를 고소해부러?"

"화는 네가 아니라 내가 났제. 그날 네가 유리창 다 부숴놓고 가서 며칠을 영업을 못했는 줄 아냐? 어디 힘만 쓰던 놈인 거 티내냐."

"뭐? 니 지금 대학 나왔다고 나헌티 이러냐?"

다시 말싸움을 시작하던 두 사람은 이번에는 서로 멱살까지 잡아가며 몸싸움을 하기 시작했다. 아이샤는 두 사람을 떼어놓기 위해 최선을 다했지만 화난 두 남자를 막기엔 역부족이었다.

"학생, 우리 이야기 다 들었으니까 말혀 봐. 도대체 누가 먼저 잘못을 했는지. 누가 더 큰 잘못을 했는지 말이여."

이번엔 불똥이 아이샤에게 튀기 시작했다.

"네? 제가 보기엔 두 분 다 잘못하신 것 같은데…."

두 사람 사이에 낀 아이샤는 어찌할 줄을 몰라 안절부절못하기 시작했다. 그러는 와중에도 몸싸움은 점점 격해졌고 아이샤는 하마터면 현수가 휘두르는 팔에 부딪힐 뻔하기도 했다.

"여기서 뭐 해? 다 나았나 보다?"

그런 아이샤를 구해준 건 다름 아닌 코넬리아였다. 코넬리아는 어이없다는 표정으로 아이샤의 팔을 잡고 자신의 뒤로 당겨 그녀를 현수와 진수로부터 떼어놓았다.

"그쪽은 누고?"

"너희는 인간도 베르도 아니구나?"

"뭐? 너희? 어디 새파랗게 어린놈이!"

코넬리아는 두 사람에게는 관심도 주지 않은 채 두리번거리며 근처 바닥을 살폈다.

"그래, 이럴 줄 알았어."

그러고는 바닥에 열린 채로 엎어져있던 도서 한 권을 집어 들었다.

"시끄러우니깐 그만 들어가지?"

코델리아는 들고 있던 도서를 그대로 덮어버렸고, 그러자 놀랍게도 눈앞에 있던 현수와 진수가 그대로 사라졌다. 《예비 관리자 교육용 자료: 인간의 선택》, 코델리아는 들고 있던 책을 얼어붙은 아이샤의 얼굴에 들이밀었다.

"아무리 초보 관리자라지만…. 이건 어린 베르들의 교육용으로 만들어진 거야. 인간들의 도서를 적절히 복제해서 섞어둔 교재 말이야. 인간의 도서와 교재용 도서도 구분하지 못하다니. 갈 길이 멀다. 아이샤, 너 예비생 시절에 수업을 제대로 들은 거 맞아?"

코델리아는 그들은 그저 교육용으로 만들어진 교재에서 튀어나온 가상의 인물들로, 어린 베르들이 갈등을 겪고 있는 인간을 마주했을 때 대처해야 하는 방법에 대해서 배울 때 사용되는 교재라고 설명했다.

"출근 시간이 한참 지났는데 여기서 뭐 하는 거죠?"

코델리아가 아이샤를 한심하다는 듯 쳐다보는 동안 누군가 뒤에서 말을 걸어왔다. 아이샤와 코델리아의 뒤에는 2층의 대표 관리자 라일라가 서있었다. 라일라는 오늘도 잘 정돈된 단발머리에 빨간 테의 안경을 쓰고 있었다.

"자, 입구에 서서 길 막지 말고 일하러 가보세요."

아이샤는 커다란 대형 코끼리도 쉽게 통과할 수 있을 만큼 큰 입구 앞에 자신과 코델리아가 서있는 것이 어떻게 길을 막고 있는 것인지 의문이었지만 서둘러 라일라의 앞을 비켜주는 코델리아를 따라 한 발 옆으로 이동했다.

'그냥 자기가 한 발짝 돌아가면 되는 거 아닌가?'

하지만 라일라는 그대로 서있었다. 그러더니 고개를 돌려 아이샤와 눈을 마주쳤다.

"왜 저렇게 싸우나 궁금하죠?"

"네?"

"방금 그 두 남성 말이에요. 이미 지난 일을 가지고 몇 년째 싸우고 있잖아요."

"그러게요?"

"원래 그런 거예요. 도서에 적힌 내용은 어떤 방식으로든 수정할 수 없거든요. 두 사람은 이미 서로에게 지우지 못할 상처를 줬으니 아마 앞으로도 계속 갈등을 겪겠죠. 나중에 2층에서 근무를 하다 보면 익숙해질 거예요."

아이샤는 라일라가 본인이 지각한 점을 두고 혼을 내려나 싶었지만, 의외로 그녀는 윙크를 하며 수습생을 마치면 열람실 소속으로 오라는 이야기만 건넸다.

★

평온한 주말 오전, 세 베르는 관리복이 아닌 사복을 입고 열람실을 방문했다.

"다 모였지?"

"근데 꼭 이렇게까지 해야겠어?"

아이샤는 한숨을 푹 쉬며 자신에게 책 한 권을 쥐여주는 코델리아와 테오도르를 번갈아가며 쳐다보았다. 두 베르는 뭘 당연한 걸 묻냐는 듯한 표정으로 고개를 끄덕이며 그녀의 손에 책을 넘겨주었다. 두 베르는 아이샤가 글을 읽을 수 있도록 도와주고 싶다고 했다.

"테오는 내가 예전에 이야기한 적이 있어서 그렇다 쳐도···. 코델, 너는 어떻게 알게 되었어?"

"네가 저번에 꿈꾸면서 혼잣말하던데?"

아이샤는 머리를 짚었다. 지금까지 누구에게도 들킨 적이 없었는데, 자다가 말실수를 해 코델리아에게 들키고 만 것이었다.

"쉬이잇! 누가 들으면 어떡해···."

아이샤는 주변에서 익숙한 뽀글머리가 보인 것 같은 기분에 코델리아를 급하게 조용히 시켰고, 그들의 말에 따라 긴 글을 읽는 연습을 해보겠다고 했다. 그녀는 자신의 손에 들린《예비 관리자 교육용 자료: 인간의 선택》도서의 표지를 보았다.

★

　몇 년 전, 10년 차 기자 재학은 한 대형 건설사의 리조트 사업을 반대하는 마을 주민들의 호소를 듣고 그들을 취재하기 위해 서울에서 주정군을 여러 차례 오갔다. 그리고 몇 년이 지난 어느 금요일, 재학은 늦은 저녁임에도 불구하고 주정군을 향해 차를 몰고 있었다. 리조트 사업과 관련하여 주민들과 건설사의 합의가 잘 이루어지고, 의견이 달랐던 주민들 사이의 불미스러운 일들도 모두 해결이 된 시점에서 재학은 왜 주정군으로 향하고 있을까?

　주정군에 들어서자 벌써 높게 올라간 리조트 건물의 뼈대와 골프장 부지 공사가 재학의 눈에 들어왔다. 한창 건설사와 주민들 간에 갈등이 있었을 때, 재학은 주민들에게 그들이 대형 건설사를 상대로 겪고 있는 고초에 대해 꼭 보도하겠다고 약속했었다. 운전대를 잡은 재학은 몇 년 전 주정군 리조트 건설에 관한 기사를 썼던 당일을 회상했다.

　"기사를 내리라니요? 그게 무슨 말씀이세요?"

　"우리가 대형 방송국도 아니고, 광고 받아서 먹고사는데 함부로 보도를 내면 안 되지."

　"건설사가 설명도 충분히 해주지 않고 막무가내로 동의를 하라고 압박을 주었다고 했습니다. 건설사의 입장으로 기사를 쓰는 사람이 있으면 주민들의 입장으로 기사를 쓰는 사람도 있어야 하는 거 아닙니까? 사람들이 양쪽의 입장을 모두 들어보고 객관적으로 판단할 수 있도록 해야지 맞는 거잖아요."

하지만 옳다고 해서 모든 말이 힘을 갖는 건 아니었다. 재학은 해고당하지 않기 위해 기사를 내려야 했다. 주정군 주민들과 한 약속을 어기는 것이었지만 재학의 힘으로는 어쩔 방도가 없었다.

"아니, 기자님. 어째 이러실 수가 있습니까? 분명 기사로 내주겠다고 인터뷰도 받아 가셨잖아요. 근디 우리 이야기는 쏙 빠지고 건설사 주장만 나온단 말이여?"

"죄송합니다. 정말 죄송합니다…."

그 일로 인해 재학은 주정군 주민들의 신뢰를 잃었지만, 몇 년 동안 포기하지 않고 주민들의 목소리가 세상에 나올 수 있도록 최선을 다했다. 자신이 수개월간 취재한 내용과 인터뷰를 모아 시사 채널에 건넸고, 방영 이후 건설사와 주정군 주민들 사이의 갈등이 화제가 되었다. 결국 건설사는 주민들의 의견을 반영하여 리조트 위치를 수정하는 방향으로 작업을 추진했다.

재학은 그 이후에도 꾸준히 주정군을 방문했다. 리조트 건설이 완공될 때까지, 그 이후에 운영되는 과정까지도 지켜볼 생각이었다. 재학은 그게 이 사건을 보도한 기자로서 도리라고 생각했다. 그렇게 주정군에는 웃음꽃이 피어나고 있었다.

"아이고, 이 저녁에 뭘 또 오셨댜."

"요즘은 별일 없으시죠?"

"그럼요. 이게 다 기자님 덕분이제."

"제가 아니라 현수 님과 저기 계신 진수 님 그리고 다른 분들
이 함께 노력한 덕분이죠."

"내가 진수라니까? 저짝이 현수고. 기자님도 몇 년을 우리를
보고 있으면서 아직도 헷갈리시네요, 참말로."

★

짝짝짝-

아이샤가 도서를 덮자, 코델리아와 테오도르가 손뼉을 쳐주
었다.

"이렇게 차근차근 도서를 읽는 연습을 하는 거야."

읽는 와중에 몇 번이나 멈춰야 했고, 가만히 있지 않고 계속
해서 돌아다니는 단어들을 제자리에 두기 위해 온 신경을 집중
해야 했지만 코델리아와 테오도르는 그런 아이샤를 끝까지 기
다려주었다.

"너희 주말 근무조야?"

읽기 연습을 막 마쳤을 무렵, 머리를 양갈래로 묶은 글자 요
정이 날아와 관리복을 입고 있지 않은 세 베르의 정체를 궁금해

했다. 그제야 근처에서 작은 글자 요정들이 줄줄이 이동하고 있는 모습이 보였다. 그들은 자신의 몸보다 몇 배는 큰 유리병에 대여섯씩 달라붙어 병을 이동시키고 있었고 그 안에는 단어 쿠키들이 가득했다.

"아니요, 저희는 주중 근무예요. 주말에도 나와서 인간의 이야기를 읽는 법을 연습하고 있었어요."

아이샤의 대답에 글자 요정은 인상적이라는 듯이 그녀를 바라보았다.

"잠시만 기다려 봐."

이동 중이던 무리로 날아갔던 글자 요정은 잠시 뒤, 다시 날아와 자신의 쿠키를 건네었다.

"이번에 새로 나온 신상 쿠키야! 원래 단어 쿠키는 이야기가 없는 베르들에게는 아무런 효과를 가져다주지 못하잖아. 이건 우리가 아주 특별하게 만들어서 그동안의 쿠키와는 조금 달라. 세상의 여러 이야기에서 나온 글자들을 모으고 그걸 조합해서 만든 쿠키거든. 먹는 베르에 따라 다른 이야기를 보여주지."

"이야기요?"

"인간처럼 도서가 생기는 거예요?"

"아니, 그건 아니고. 그냥 이야기가 있다는 건 어떤 느낌인지 알려주는 정도야."

이야기가 없는 이들에게 이야기를 경험하게 해준다는 것은 아주 매혹적이었다. 다만 쿠키에 대해 설명하던 글자 요정은 시험용이라 물량이 많이 없어서 세 베르 중 한 명에게만 줄 수 있다고 했고, 테오도르와 코델리아는 글을 읽느라 고생을 한 아이샤에게 쿠키를 양보하기로 했다.

"오⋯."

아이샤는 설레는 마음으로 건네받은 쿠키를 입에 넣었다. 쿠키를 먹자 순간 눈앞이 깜깜해졌고, 어딘가로 끝도 없이 떨어지는 느낌이 나기 시작했다. 아이샤는 놀라서 소리도 지르지 못한 채로 심장을 부여잡았다. 하지만 얼마 안 가 자신이 더 이상 떨어지고 있지 않다는 것을 알 수 있었다. 아이샤는 자신이 떨어지며 발버둥을 치고 있다고 생각했지만 실제로는 어딘가를 걷고 있었다. 비록 자신이 무엇의 위에서 걷고 있는지는 알 수 없었지만 분명 그녀의 다리는 버둥거리는 것이 아니라 보행을 하고 있었다.

자신이 떨어지고 있는 것이 아니라 걷고 있다는 사실을 인지하게 된 아이샤는 멈칫하며 제자리에 똑바로 섰다. 그리고 아이샤가 걸음을 멈추자마자 암흑이었던 세계가 천천히 모습을 드러내기 시작했다. 아이샤의 눈앞에는 그녀가 태어나서 한 번도 보지 못한 알록달록한 세계가 있었다. 이쪽을 보면 숲 같기도 하고, 그 반대쪽을 보면 동산 같기도 한 것이 마치 인위적으로 만들어진 공원 같았다. 그곳은 색이 가득했다. 잔디 사이에 피어있는 꽃의 색깔은 모두 저마다 달랐고 나무와 나뭇잎의 색, 중간중간 보이는 커다란 바위와 돌들의 색도 모두 달랐다.

또 한 가지 특이한 건 모든 곳에 놓인 책이었다. 나무 위에도, 나무 아래도, 길을 걷다가도 책을 발견할 수 있었고, 잔디 위에 눕혀져 있는 책, 하늘 위를 자유롭게 날아다니는 책이 있었다. 심지어는 호숫가로 보이는 곳에서도 책이 둥둥 떠다녔는데, 신기하게도 종이가 조금도 젖지 않았다.

아이샤는 천천히 앞에 보이는 오솔길을 따라 걷기 시작했다. 그 길을 따라 걷다 보니 점점 더 넓은 공간이 보이기 시작했다. 아이샤는 뒤를 돌아봤지만 뒤에는 아무것도 존재하지 않았다. 그녀는 꿈을 꾸고 있는 듯한 몽롱한 기분이 며칠째 제대로 된 잠을 못 자서 그런 것인지 아니면 너무 갑작스러운 경험을 해서 그런 것인지 알 수 없었지만 받아들이기로 했다. 아이샤는 위에서 보았을 때는, 더 나아가 떨어지고 있다고 생각했을 때까지만 해도 자신의 몸도 제대로 볼 수 없던 암흑 속이 이렇게나 아름다울지 상상도 하지 못했다.

주위를 둘러보며 오솔길을 따라 걷던 아이샤는 유난히 길 쪽으로 치우쳐있는 나무를 자세히 확인하기 위해 다가갔다. 그리고 나무 가까이 다가가던 아이샤는 놀라서 자신도 모르게 숨을 들이마신 채로 뱉어내는 것을 까먹어버렸다. 아이샤가 보고 있는 나무가 단순한 나무가 아니었기 때문이다.

"이거, 나무가 아니라 글자들이었잖아?"

아이샤가 바라보고 있는 나무는 작디작은 글자들 수만 개가 모여서 이루고 있었다. 아이샤의 새끼손톱만큼이나 작은 갈색의 글자들이 서로 정교하게 엉켜 만들어진 나무였다. 주위를 둘러본 아이샤는 나무뿐 아니라 자신이 보고 있는 풀과 길과 호수와 그 외의 모든 것들이 다 글자들로 만들어진 것임을 보았다. 그 와중에도 아이샤는 저 하늘에 떠있는 해와 구름까지도 모두 글자인지 의문이 들었지만 확인할 길은 없었다.

"종이가 없는데, 어떻게 글자가 있을 수 있지?"

아이샤는 신기함에 나무를 발로 톡톡 건드렸다. 어느새 구경하는 것을 마치고 길을 찾던 아이샤는 시간도 확인할 수 없는 이 공간에서 서서히 두려움을 느끼기 시작했다. 아무리 돌아다녀도 점점 더 넓은 공간만 새롭게 나올 뿐, 나가는 곳은 나타나지 않았다.

아이샤는 심장이 점점 빠르게 뛰기 시작하더니 간질간질한 느낌이 들었다. 그건 아이샤가 아주 어릴 적, 이사를 하는 길에 부모님의 손을 놓쳤을 때 느꼈던 '불안'이라는 감정이었다. 심장이 뛰는 속도만큼이나 아이샤의 걸음도 점점 빨라졌고, 시야는 점점 좁아졌다. 한참 아무것도 없는 오솔길을 내달리던 아이샤는 문득 글자 요정의 말을 기억해내곤 걸음을 늦추었다. 그러자 지금 그녀가 있는 곳이 어디인지 알 수 있었다.

"잠깐, 이거… 내 이야기 같은데?"

그 사실을 깨닫자 주변은 다시 어두워졌다. 처음 쿠키를 먹고 어둠 속으로 떨어질 때처럼 바닥과 하늘의 공간이 구분할 수 없었고, 어둠이 아이샤를 삼켜버렸다. 아이샤는 한참 동안 어둠 속을 둥둥 떠다녔다. 잠시 뒤 세상을 이루고 있던 글자들에서 미세한 빛이 나기 시작했고, 물체를 이루고 있던 글자들은 천천히 흩어지기 시작했다. 글자는 어둠 속을 밝히며 나란히 어딘가로 날아갔다. 마치 하나의 줄이 된 것처럼 길게 이어져 아이샤를 어딘가로 인도했다.

온갖 글자가 엉켜있는 모습은 아이샤가 글을 읽을 때 느끼는 감정이었다. 모든 게 뒤죽박죽 섞여 제대로 이야기를 읽어낼 수가 없었던 그 모습을 그대로 옮겨온 것 같았다. 그렇지만 글자들은 서로 엉켜 나무를 만들고 있었고 길과 호수를 만들었다. 글자들이 모여 세상을 구성하고 있는 것이었다. 아이샤는 나란히 이어진 글자들을 천천히 읽어보았다. 그제야 그 글자들이 수많은 문장을 만들고 있다는 걸 알 수 있었다. 인간처럼 도서가 존재하지는 않았으나 아이샤의 세상 역시 존재했고, 수많은 오늘이 이어지고 있었다. 길게 이어진 글자들 그 한 줄 한 줄이 모여 아이샤의 이야기를 만들었고, 매니테일에 존재하는 다음 이야기를 향해 안내하고 있었다.

'이야기가 있다는 건 이런 느낌이구나…'

다시 눈을 떴을 때는 코델리아와 테오도르가 갸우뚱한 표정으로 그녀를 쳐다보고 있었다. 그 모습에 아이샤는 두 베르를 보며 환한 미소를 지었다.

"뭐야, 그렇게 맛있어?"

"응, 아주 달콤한 맛이었어!""

7
인연이란

아이샤와 테오도르는 이른 점심을 먹고 남은 휴게시간 동안 도서관 2층의 천장을 구경하고 있었다. 수많은 도서들이 다양한 종류의 새들처럼 날개를 쫙 펼친 채로 온 천장을 날아다니고 있었다. 매니테일의 도서는 관리자의 도움 없이 다른 층으로 이동할 수 없었지만 같은 층 안에서는 언제든 자유롭게 날아서 책장을 옮겨 다녔다.

"정말 언제 봐도 장관이라니까. 안 그래, 테오?"

"그러니까! 어릴 때 부모님이랑 놀러 갔을 때 봤던 장면 같아. 제목이 뭐였더라.《대지를 가르는 작은 영혼들》이었나?"

두 베르의 눈앞에는 수많은 색과 크기의 책들이 광활한 도서관 천장을 자유롭게 날아다니고 있었다.

"어머나!"

한 책장에서 다른 책장으로 이동하는 수많은 도서들을 바라보던 아이샤는 간혹가다 날아다니던 도서들끼리 부딪치기도 한다는 사실을 알고 놀랐지만 다행히도 큰일은 일어나지 않았다. 부딪힌 도서들은 잠시 비틀거리다가 제 갈 길을 가버렸다.

"뭘 그렇게 구경하고 있어?"

그때 누군가 다가와 말을 걸었다. 점심을 먹고 돌아오던 라일라였다. 그녀는 부딪혔다가 날아가는 두 도서에 놀란 두 베르에게 말했다.

"저런, 연이 아니었나 보네."

"연이요?"

그 순간 다른 도서들에 비해 낮게 날고 있던 두 도서가 아이샤의 머리 위에서 부딪혔다. 그녀는 잠시 움츠러들었지만 신비로운 광경에 다시 넋을 놓고 두 도서를 관찰했다. 그때 희한한 광경이 눈앞에 펼쳐졌다. 부딪혔던 두 도서에서 단어들이 튀어올라 서로의 도서 속으로 섞이고 만 것이었다.

휘이익!

단어가 섞인 두 도서는 부르르 떨더니 이내 아무 일도 없었다는 듯이 가던 길을 향해서 날아갔다.

"그래 '연' 말이야. 보통은 부딪혀도 아무 일도 일어나지 않는데 가끔은 저렇게 도서에 있던 단어들이 튀어 올라 서로의 도서에 들어가기도 하지. 우리 관리자들은 그걸 연이라고 해."

"하지만 그냥 날아갔는데요?"

테오의 질문에 라일라가 부드럽게 미소를 지었다.

"괜찮아. 서로의 도서에 새겨졌으니 언젠간 만나게 될 거야."

라일라는 아이샤와 테오도르에게 인간의 연이 형성되는 과정에 대해 설명했다. 그녀의 말에 의하면 인간의 도서는 같은 책장을 공유하다가도, 자유롭게 날아다니다가도 단어가 섞이곤 했다. 그러면 단어가 섞인 두 도서에 연이 생기는데, 그게 인연인지 악연인지는 바로 알 수 없었다.

"그게 악연인지 인연인지는 인간의 선택에 따라서 크게 좌지우지되는 법이지."

"오, 정해진 게 아니라니 복잡하네요."

"으음, 글쎄다. 오히려 아주 재미있지 않니? 원래 인연이라는 건 말이야. 나이, 성별, 직업과 상관이 없거든. 그냥 저렇게 훨훨 날아다니다가 부딪혀서 단어가 섞이면 그게 인연인 거지, 뭐."

라일라는 자유롭게 날아다니는 도서들을 보며 이야기했고, 아이샤 역시 다시 높게 날아가는 도서를 보며 고개를 끄덕였다.

잠시 후 오후 근무 시간에 아이샤는 2층의 3급 관리자 빌리에게 도서 열람부에서 일하는 코델리아를 도와주고 오라는 임무를 받았다. 아무래도 아이샤와 테오도르가 근무하고 있는 도서 관리부보다는 쉬지 않고 도서를 열람해야 하는 도서 열람부가 좀 더 바빴다.

"코델리아는 똑똑해서 맡은 업무를 잘 해내기는 하는데⋯. 공감 능력이 좀 부족하달까? 네가 가서 도와주고 올 수 있을까?"

"그럼요!"

그 시각 코델리아는 사다리 관리자를 닦달하고 있었다.

"대체 왜 안 된다는 거예요?"

"글쎄, 인연이라고 해서 다 좋은 인연이 아니라니까! 오히려 악연일 확률이 더 높다고! 왜 이렇게 말귀를 못 알아들어!"

2층을 돌아다니며 코델리아를 찾던 아이샤는 거의 멱살을 잡고 싸울 기세로 사다리 관리자와 대치하고 있는 코델리아를 발견했다. 그 모습을 본 아이샤는 기겁을 하며 서둘러 뛰어가 두 베르를 말렸다. 아무리 같은 3급 관리자라고 해도 수습생인 코델리아가 사다리 관리자에게 함부로 대들었다가는 징계를 받을 수도 있었다.

"왜 그래, 무슨 일인데!"

아이샤의 질문에 뚱해있는 코델리아를 대신해서 사다리 관리자가 입을 열었다. 도서 열람부에서 일을 하고 있던 코델리아는 글의 작성 속도가 불안정한 도서를 열람해보라는 지시에 해당 도서를 찾아 사다리 관리자를 찾아온 것이었고, 그에게 도서를 꺼내달라고 부탁했다.

"음? 근데 그게 왜 문제가 되는 거예요?"

"왜 문제가 되는 거냐고? 허! 왜냐하면 이 정신 나간 베르가 인연 때문에 스트레스라면 그 연을 끊어버리면 되는 게 아니냐면서 책을 다른 책장에 꽂아버리겠다고 우기잖아! 그깟 인연 다른 도서와 연결하면 그만 아니냐고! 근데 이 연이라는 게 보기엔 쉽게 형성되는 것 같아도 실제로는 그렇게 쉽게 끊겼다가 생기는 게 아니라니까! 게다가 내가 누누이 말하지만 인연이라고 다 좋은 인연이 아니란 말이야!"

코델리아는 그저 눈을 깜빡거릴 뿐이었다. 사다리 관리자는 지친다는 듯이 책장에 걸쳐있던 사다리에 팔을 기댄 채 허망한 표정으로 말했다.

"문제는 그뿐만이 아니야!"

"도서에 간섭하면 안 되는 관리자가 연을 끊어버리겠다는 말을 한 것보다 더 큰 문제는 없을 것 같은데…."

아이샤는 사다리 관리자의 입에서 무슨 말이 나올지, 코델리아가 대체 그에게 무슨 말을 했을지 상상하고 싶지도 않다는 표정으로 물었다. 관리자는 당장이라도 터질 것처럼 붉어진 얼굴로 고래고래 소리를 질러댔다.

"두 도서는 모자지간이야! 아아악! 나 정말 이 수습생들 때문에 미쳐버리겠네!"

사다리 관리자의 말에 아이샤는 경악스럽다는 표정으로 천천히 고개를 돌려 코델리아를 쳐다보았다. 대체 뭐가 문제냐는 얼굴로 어깨를 으쓱 올리는 모습을 보니 처음으로 그 예쁜 이마에 꿀밤을 놔주고 싶다는 욕구가 솟구쳤다.

*

평범한 가족이 아침식사를 하고 있었다.

"엄마, 오늘 10시까지 학교로 나 데리러 와줄 수 있어? 오늘 시합 있는 날이라, 2교시에는 조퇴하고 대회장에 가야 해."

주원은 중학교 3학년 남학생으로 청소년 유도선수로 활동을 하고 있었다. 그날은 주원이 시에서 주최하는 유도대회에 참가하는 날이었다.

"오늘이 시합이었어? 다음 주 아니야?"

"오늘이야."

그는 한 달 전, 대회가 잡혔을 때부터 매일같이 가족들에게 대회 일정을 이야기했지만 엄마는 까맣게 잊은 듯했다. 하지만 엄마는 늘 바빴기 때문에 이해할 수 있었다.

"아니면 엄마가 담임 선생님한테 연락 좀 해줘. 그냥 지금 버스 타고 출발할게."

"대회 시작이 오후 1시부터라고 하지 않았어?"

"관장님이 일찍 와서 접수하고 몸 풀고 있어야 한다고 하셨어."

다른 아이였다면 화를 낼 법한 상황이었지만 주원은 조금도 투덜거리지 않았다. 이미 이런 상황을 예상한 듯했다.

"네, 선생님. 저 주원이 엄마입니다. 오늘 주원이가 대회에 나가는 날이라서요. 아, 알고 계셨다고요?"

"다녀오겠습니다."

엄마가 담임 선생님과 통화를 하는 동안 주원은 도복과 물병, 초콜릿, 4천 원이 충전된 버스카드와 구깃구깃해진 만 원짜리 한 장이 들어있는 가방을 메고 현관문을 나섰다. 지금까지 부모님이 그의 대회에 응원하러 온 적은 단 한 번도 없었다. 아빠는 늘 새벽부터 버스를 타고 출근해서 늦은 저녁 시간이 되어서야 퇴근을 했고, 엄마는 형 때문에 바빠 주원을 챙길 여유가 없었다.

"나 오늘 집에서 혼자 쉬고 있을 테니까 주원이 대회 보고 오지."

주원이 나가고 난 뒤, 그보다 네 살 형인 주현은 엄마가 만들어둔 특별 건강 주스를 마시며 이야기했다.

"안 돼, 오늘은 너 정기 검사 있는 날이야. 빨리 밥이나 먹어. 한 시간 전에는 가야 해."

그는 코를 틀어막은 채로 인상을 찌푸렸지만 엄마는 그게 당연하다는 듯이 주현이 마지막 한 모금을 마실 때까지 자리를 뜨지 않았다.

주현은 근위축성측색경화증이라는 병을 앓고 있었다. 근위축성측색경화증은 근육이 위축되고 사지 마비가 진행되는 병으로, 루게릭이라는 이름으로 더 유명했다. 루게릭병은 보통 50대 이상의 성인에게서 발병했지만 간혹 주현처럼 어린 나이에 발병되는 경우도 아예 없지는 않았다.

엄마표 건강 주스를 끝까지 다 마신 주현은 엄마가 자신을 일으켜줄 때까지 기다렸다. 그는 고등학교 3학년에 재학 중이던 작년, 루게릭병을 진단받은 이후로 근육이 약해져 가족들의 도움 없이는 홀로 자리에서 일어나는 것조차 힘들었다.

"어어, 기다려. 냉장고에 반찬만 넣고 일으켜줄게."

엄마는 주현이 숨을 참고 맛없는 건강 주스를 마시는 동안 벌써 설거지를 다 하고 식탁에 놓인 반찬을 냉장고에 집어넣는 중이었다. 반찬 정리를 마친 엄마는 분주하게 거실로 뛰어가 소파에 놓여있던 차 키와 가방을 챙긴 뒤, 식탁에서 그녀를 기다리고 있는 주현을 부축하여 그를 일으켜 세웠다.

"엄마, 나 양치하고 싶은데."

"안 돼, 늦었어. 지금 출발해야 예약 시간에 넉넉하게 도착할 수 있어. 가서 시간 남으면 차에 있는 칫솔로 양치하자."

두 사람은 아파트 지하 주차장으로 내려갔다. 엘리베이터를 타는 동안 주현은 혹시나 다른 사람이 자신이 휠체어에 탄 모습을 쳐다보기라도 할까 봐 노심초사하였지만 생각보다 사람들은 그에게 관심이 없는 듯 보였다.

"엄마도 정확히는 기억이 안 나는데, 아마 오늘은 수액까지 맞고 와야 할 거야."

선영은 다른 사람의 시선을 전혀 신경 쓰지 않는 듯, 오늘 병원에서 주현이 받을 검사들에 대해 조잘조잘 설명했다.

"엄마, 알겠으니까 조금만 조용히 해줘."

선영은 주현을 조수석에 앉힌 뒤, 그가 타고 있던 휠체어를 접어 트렁크에 싣고 숨을 헐떡거리며 운전석에 탑승했다. 그녀는 마른 편은 아니었지만 자신보다 무거운 아들과 그에 못지 않은 휠체어를 옮기는 것은 고된 일인 듯했다. 시동을 건 선영은 잠시 눈을 질끈 감고 성호경을 그었다. 신실한 가톨릭 신자인 그녀가 오늘도 아무런 사고 없이 무사히 운전할 수 있게 해달라는 기도의 마음이었다.

선영은 한평생 운전을 해본 적이 없었다. 아이들의 아빠와 맞벌이를 할 때에도 집에서 멀리 떨어지지 않은 음식점에서 일을 했으니 마흔여섯 한평생 운전대를 잡을 일이 없었다. 첫째 아들이 아프기 시작하며, 그녀는 모든 일을 그만두고 그를 병원에 데려가기 위해 운전을 배우기 시작했다. 선영은 운전을 시작한 지 1년도 넘었지만 아직도 도로에 나가는 것이 두려웠다.

병원에 도착한 후, 주현은 검진을 받고 선영이 예상했던 대로 수액까지 맞았다. 주현이 수액을 맞는 동안 아침 일찍부터 일어나 아침밥을 차리고, 병원에 갈 준비를 한 뒤, 한 시간 가까이 차를 몰고 오느라 피곤해진 선영은 그의 옆에서 꾸벅꾸벅 쏟아지는 잠과 싸웠다.

그 시각, 홀로 대회장에 도착한 주원은 그가 다니는 유도 학원의 관장이자 그의 코치를 찾기 위해 큰 경기장을 둘러보았다. 주변에는 가족들과 온 이들이나, 학원에서 단체로 온 친구들도 많았고 주원처럼 홀로 오는 친구들은 거의 없었다.

곧 고등부의 경기가 먼저 시작되었고, 중등부 경기를 기다리고 있던 주원은 지정된 좌석에 앉아 경기를 지켜보았다. 얼마 안 가 중등부의 경기가 이어졌고, 주원은 떨리는 마음 하나 없이 경기장에 들어섰다.

"응, 3등이면 나쁘지 않지. 바로 집으로 갈게."

"어머! 너무 잘했다. 시 대회면 우리 시에서 가장 잘한다는 애들 다 모여있는 거잖아. 네가 그중에서 세 손가락 안에 드는 거야."

"1등은 아니잖아."

"그게 뭔 상관이야. 메달 받았으면 됐지."

주원은 경기가 끝난 뒤, 홀로 시상을 받고, 홀로 경기장을 나오며 엄마에게 전화를 걸었다. 오늘은 형 주현을 데리고 병원에 가는 날이니 전화를 안 받을 확률이 높았지만 혹시나 하는 생각에 전화를 했는데, 어쩐 일인지 엄마는 얼마 가지 않아 전화를 받았다. 엄마는 기분이 아주 좋아 보였는데, 보통 의사 선생님에게 형의 경과가 나쁘지 않다는 결과를 들었을 때였다.

"오늘 뭐 먹고 싶은 거 있어? 엄마가 다 해줄게."

"됐어. 다음 달에 또 대회 있어서 체중 조절해야 해."

엄마와 통화를 하던 주원은 기분이 이상했다. 엄마가 기뻐하는 것이 자신이 동메달을 땄기 때문이 아니라 형의 경과가 좋다는 결과를 들어서 그런 것 같았다. 주원은 자신이 나쁜 놈이 된 것 같았다. 분명 형의 건강이 괜찮다는 건 자신에게도 감사한 일이었고, 엄마가 좋아하는 것도 당연했다. 하지만 엄마마저 온전히 자신의 우승을 축하하고 있지 않다는 사실에 괜히 심술이 났다.

"이따 집에 가서 봐. 끊어."

버스를 기다리던 주원은 생각에 잠겼다.

'이주원, 네가 무슨 초등학생도 아니고 중학생씩이나 되어서 질투를 해? 그것도 질투할 사람을 질투해야지, 아픈 형을? 그러지 말자. 진짜 너 그런 인간 말종만은 되지 말자.'

주원은 마음을 굳게 먹었지만 같이 대회에 참가했던 아이들이 가족들과 함께 차를 타고 정류장 앞을 지나치는 걸 보자 서운함이 점점 커지기 시작했다.

주원의 가족은 작년 봄, 주현이 루게릭병 판정을 받게 된 이후부터 많은 변화를 겪어야 했다. 주현은 얼마 안 가 다니던 고등학교를 그만둬야 했고, 엄마는 친한 이모네 반찬 가게에서 일하던 것을 그만두고 주현을 간병해야 했다. 맞벌이에서 외벌이로 바뀐 뒤, 안 그래도 바쁘게 일을 하던 아빠는 회사에서 맡을 수 있는 일을 다 맡아 조금이라도 돈을 더 벌기 위해 새벽부터 밤 늦게까지 일해야 했고, 주원은 다니던 학원을 모두 그만두고 가장 재능이 있다고 생각했던 유도선수의 길을 걷게 되었다.

모두가 힘들었다. 주현은 입시를 준비하는 평범한 친구들과 떨어져 그들과는 다른 외로운 세상 속에서 살아가야 했고, 엄마는 집안일과 주현의 간호, 간단한 파트타임 일까지 맡아서 하는 슈퍼우먼이 되어야만 했다. 아빠도 마찬가지였다. 아침식사 시간을 제외하고는 가족들과 마주칠 일이 거의 없을 정도로 바쁘게 살았다. 그리고 그런 세 사람 사이에서 주원은 징징거릴 수 없었다. 시합을 치르느라 지쳐버린 자신을 아무도 데리러 오지 못하는 건 당연했고, 홀로 받은 메달을 가방에 대충 던져 넣은 채 코치와 친구들이 보내준 축하 메시지에 만족하며 집까지 걸어가는 것 역시 당연한 일이었다.

생각에 잠긴 주원은 한참을 버스 밖을 응시하며 집으로 향했다.

"다녀왔습니다."

집 안에서는 맛있는 냄새가 나고 있었고, 상에는 따끈따끈한 갈비찜이 놓여있었다.

"식었니?"

저 멀리 화장실에서 선영이 소리치는 것이 들려왔다. 선영은 주현이 잠든 사이 마트에 다녀와 주원이 가장 좋아하는 갈비찜을 해두었다. 주원을 기다리는 동안 화장실 청소를 하기 위해 고무장갑을 낀 채 솔로 바닥 타일을 벅벅 문지르고 있었다.

"아니, 아직 따뜻해."

"와, 엄마 봐라. 이쯤이면 들어오겠다 싶어서 꺼내둔 건데 정확하게 맞췄네?"

선영은 쭈그려 앉은 채로 바닥을 닦다가 주원을 향해 환히 웃어 보였다. 주원은 그런 선영을 보며 괜히 서운함을 느꼈던 자신을 원망했다.

"그나저나, 아들, 정말 축하해. 3등이면 대단한 거야. 그거 아무나 하는 줄 알아?"

선영은 청소를 하면서도 조잘조잘 이야기했다. 그리고 주원은 선영의 말소리를 배경 삼아 주방에서 주방세제로 대충 손만 씻은 채 식탁에 앉아 허겁지겁 갈비를 뜯기 시작했다.

★

한편 코델리아를 돕고 오라고 했더니 되레 그녀를 자신 앞에 데려온 아이샤를 보며 빌리는 한숨을 푹 내쉬었다.

"어떻게 해야 할지 모르겠어서 일단 나한테 데려왔다는 거지? 부서도 다른데."

"네⋯."

빌리는 가장 가까이에 있던 책장을 훑어보다가 여섯 번째 층에 꽂혀있는 책 두 권을 가리켰다.

"잘 봐, 코델. 예비생 시절에 배운 아름다운 인연은 매니테일에 존재하는 전체 이야기 중 10퍼센트밖에 해당되지 않아. 대부분 인연이었으나 아름답지 못하지."

빌리가 책 두 권을 꺼내 아이샤와 코델리아에게 보여주었다.

★

"바빠죽겠는데, 짜증 나게 왜 저러는 거야."

빌리가 보여준 도서의 주인은 영진이었다. 그녀는 작은 시골 마을의 은행에서 일하는 평범한 은행원이었는데, 지금 일하고 있는 은행에 입사한 지 올해로 5년 차였다.

"진호 씨, 고객 응대는 나만 해요?"

영진은 얼마 전 새로 들어온 진호를 혼내고 있었다.

"아니, 진호 씨. 친절한 건 좋죠. 아무리 그래도 고객 한 사람을 30분씩 잡고 있으면 어떡해요? 그동안 다른 고객은 다 나보고 응대하라고요?"

"죄송합니다. 다들 연세가 있으신 편이라 천천히 쉽게 설명해 드리려다 보니 오래 걸리는 것 같습니다."

"그럼 나는 불친절하고 빠르게 설명한다는 거야?"

영진은 새로 들어온 진호가 마음에 들지 않았다. 오랜만에 빠릿빠릿한 후배가 들어왔다고 생각했더니 진호의 업무까지 맡느라 오히려 이전보다 더 고생하고 있는 자신을 발견했다. 영진은 그가 정말 자신과 맞지 않는다고 생각했다.

"자기가 친절하게 응대해야 한다고 그랬으면서…"

"뭐라고요? 크게 말해요. 안 들리니까."

"아닙니다."

물론 마음에 안 드는 건 영진뿐만이 아니었다. 진호도 영진이 마음에 들지 않았다. 진호에게 영진은 업무도 제대로 가르쳐주지 않으면서 자신에게 투덜거리기만 하는 선배였다. 영진과 일을 시작한 지 이제 일주일도 지나지 않았지만 두 사람은 이미 서로를 악연으로 생각하고 있었다.

★

도서 두 권이 바들거리며 어딘가로 날아가려고 할 때쯤 빌리가 도서를 다시 원래 있던 자리에 꽂아 넣었다.

"그럼 두 사람은 어떻게 되나요? 한 명이 일을 그만두나요? 악연이니까요."

코델리아의 질문에 빌리는 먼 곳을 응시하며 답했다.

"코델, 가끔은 인연보다 더 독한 것이 인간들의 이야기를 붙여놓기도 하지. 너무 깊게 알려고 하지 마. 수습생이 끝날 때쯤이면 알고 싶지 않아도 자연스레 알 수 있으니까."

빌리의 설명이 끝날 때쯤 아이샤는 어디선가 환청이 들리는 것만 같은 기분에 고개를 세차게 흔들었다.

'자동차 대출금만 아니었으면….'

'새로 이사한 곳 보증금만 아니었어도….'

보름달이 뜬 어느 저녁, 긍지의 탑 뒤편에서 누군가 쭈그리고 앉아 속닥거리며 대화를 나누고 있었다.

"테오, 정말 가야겠어?"

"코델, 며칠 전에는 분명 무엇이든지 들어주겠다고 했잖아. 이제 와서 발뺌하려는 거면 나 정말 실망이야."

테오도르의 말에 코델리아가 아이샤를 째려보았다.

"누가 내기하자고 했냐."

그 모습에 아이샤는 기가 찬다는 듯 헛웃음을 지었다.

"허! 왜 나를 봐? 누구긴 누구야, 너지, 코델리아."

동시에 한숨을 쉰 아이샤와 코델리아는 조용히 자리에서 일어나 벽에 몸을 기댄 채 목만 빼꼼 내밀고는 탑의 정문을 바라보았다. 문 앞에는 긍지의 탑을 지키는 문지기 썬더가 정체를 알 수 없는 낡은 흔들의자에 앉아 꾸벅거리며 졸고 있었다.

"우린 훔치는 게 아니라 잠깐 빌리는 거야. 그러고 바로 다시 돌려드리면 되잖아?"

"맞아, 맞아. 열쇠가 사라졌다는 걸 알아채기도 전에 다시 가져다 놓으면 돼."

아이샤와 코델리아가 다시 한 번 한숨을 쉬며 서로를 바라보았다. 며칠 전, 퇴근이 얼마 남지 않은 시점에 아이샤와 코델리아는 테오도르를 찾아가 다짜고짜 그에게 내기를 제안했다.

"뭐? 나도 내기에 참여하라고?"

도서의 이야기에 개입하려고 했던 코델리아가 사다리 관리자에게 크게 혼이 난 뒤, 그런 그녀를 데려왔다는 이유로 아이샤는 빌리에게 꾸중을 들었다. 두 베르는 이 기회에 인간의 인연에 대해 더 알아보고자 '연'을 관찰하기로 했다.

퐁!

그리고 얼마 안 가 두 베르의 눈앞에서 벌어진 풍경은 그들의 호기심을 자극했다. 노란색 표지를 가진 한 도서가 힘차게 천장을 날아다니다가 초록색 도서 한 권과 파란색 도서 한 권, 이렇게 두 권의 도서와 동시에 부딪힌 것이었다. 부딪힌 세 도서에서 순식간에 단어가 튀어나왔고, 세 권의 도서는 모두 서로의 단어를 가져갔다. 연이 형성된 것이었다.

"노란색 도서는 분명 초록색 도서와 인연일 거야."

코델리아가 다시 제자리를 찾아 날아가는 초록색 표지의 도서를 손가락으로 가리키며 말했다.

"엥? 그게 무슨 소리야. 누가 봐도 파란색 도서랑 인연일 것 같았는데?"

아이샤는 파란색 표지의 도서를 바라보며 답했다.

"초록색 도서와 아주 조금 먼저 부딪혔어."

"하지만 파란색 도서와 단어가 더 많이 섞였잖아."

두 베르는 이번에는 서로를 바라보았다. 잠시 침묵의 시간이 흘렀다.

"그럼 내기할까?"

먼저 침묵을 깬 것은 코델리아였다. 그녀는 씩 웃으며 아이샤에게 내기를 제안했다.

"좋지. 테오도르까지 껴서 해보자고."

그렇게 중간에 낀 테오도르는 내기를 하지 않겠다고 거부했지만 그에게 선택권은 없었다. 되레 그는 아이샤와 코델리아의 눈치를 보다가 초록색 도서와 파란색 도서 중 그 어떤 도서도 선택하지 못했는데, 그가 한 권을 고르려고 할 때마다 두 베르가 돌아가며 눈치를 주었기 때문이다. 결국 그는 노란색 도서와는 관련도 없는 곳에 놓여있던 책장에서 아무 도서나 콕 집었다. 회색 줄무늬가 그려진 도서였다.

"그럼 난 이 도서로 할래."

"흥, 그러시든가. 대신 내기에서 이긴 베르의 소원은 무엇이든 들어줘야 해.”

“아… 아니, 그럴 거면 아까도 말했지만 난 그냥 내기에 참여하고 싶지가 않은….”

“당연하지! 너야말로 무르기 없어, 코델.”

이때까지만 해도 아무도 알지 못했다. 심지어 회색 줄무늬 도서를 골랐던 테오도르까지도 말이다. 노란색 도서가 직접 줄무늬 도서가 있는 책장까지 날아가 비어있던 옆자리에 꽂힌다는 사실을.

“이… 이게 무슨…!”

“이 내기는 무효야. 말도 안 돼!”

아이샤와 코델리아는 믿을 수 없다는 듯이 회색 줄무늬 도서를 올려다보았다. 하지만 분명 그 옆자리에는 며칠 전 보았던 노란색 도서가 꽂혀있었다. 회색 줄무늬 도서가 꽂혀있던 책장은 원래 노란색 도서가 꽂혀있던 책장에서 멀리 떨어져있었다. 테오도르는 자신이 골랐던 줄무늬 도서를 올려다보며 흐뭇하게 웃었다. 그는 삐뚤어진 안경을 다시 똑바로 고치며 말했다.

“라일라가 그랬잖아. 연이 형성된 이후에 그게 인연이 될지 악연이 될지는 인간에게 달린 거라고. 하지만 그 전에 연은 만들면 그만인 거야. 저 노란색 표지를 가진 도서처럼 말이야. 그래서 말인데 내가 원하는 건….”

운 좋게 내기에서 이긴 테오도르는 긍지의 탑 꼭대기 층에 가

보고 싶었다. 긍지의 탑 꼭대기 층에는 예비생들 사이에서 내려오는 전설이 하나 있었는데 그 전설이 사실인지 알아보고 싶다는 것이었다. 전설은 긍지의 탑이 꼭대기 층을 방문한 이에게 알고 싶지 않은 진실 하나를 알게 해준다는 것이었는데, 이를 확인하기 위해서는 실제로 꼭대기 층에 있는 작은방에 들어가 보는 수밖에 없었다. 그 방에 들어가기 위해서는 문지기인 썬더가 가지고 다니는 열쇠가 필요했다.

다행히 썬더는 잠이 많은 베르였다. 지금 그는 이미 퇴근 시간이 한참 지났음에도 알아채지 못할 만큼 깊은 잠에 빠져있는 상태였다. 세 베르는 조심스럽게 탑 정문 앞 낡은 흔들의자에 앉아서 자고 있는 썬더에게 다가갔다.

"크어어어… 헝!"

아이샤가 썬더의 바지 주머니에 살짝 빠져나온 열쇠를 꺼낼 때, 그는 코로 괴상한 소리를 내며 반쯤 눈을 떴다.

"뭐야, 거기 누구 있어?"

"홉…."

코델리아가 급하게 아이샤의 입을 막은 덕분에, 그리고 테오도르가 둘의 옷깃을 잡고 흔들의자 뒤로 잡아당겨 숨겨준 덕에 들키지 않을 수 있었다.

"뭐야…. 아무도 없잖아. 근데 시간이… 하암, 에라 모르겠다."

썬더는 상체를 들고 주변을 둘러보더니 근처에 자신밖에 없다는 것을 확인하고는 다시 의자에 파묻혔다. 달이 훤히 떠있는 것을 보면 이번에도 자느라 퇴근 시간을 놓친 것 같았지만 신경 쓰지 않았다. 어차피 제시간에 생활관으로 돌아간 날이 손에 꼽을 정도였기 때문이다. 혼잣말을 중얼거리던 그는 다시금 팔짱을 낀 채로 흔들의자에 몸을 맡기고 깊게 잠에 들었다.

"잠들었어…."

"그럼 들어가자…."

끼이익—

세 베르는 조용히 문을 열고 탑 안으로 들어갔다. 어두운 탑 1층에는 임명식 날 지났던 복도가 펼쳐져 있었다. 그곳에 걸린 초상화들도 눈에 들어왔는데, 임명식 날에는 자랑스럽게 보며 지나쳤던 그림들이었지만 지금만큼은 탑 안에 함부로 들어온 세 베르를 째려보는 것 같았다. 하지만 이미 탑까지 들어온 이상 탑의 전설을 확인하지 못하고 돌아가는 건 억울했다. 세 베르는 긴 복도를 지나 탑의 꼭대기로 연결된 계단으로 향했다. 이내 한 치의 망설임도 없이 계단을 오르기 시작했다. 탑 안은 아주 어두웠지만 그들이 계단을 오를 때마다 벽에 붙어있던 돌로 깎아 만든 조명들이 켜지며 시야를 확보해주었다.

"헉헉…. 여긴가 봐. 아이샤, 어서 열어봐."

마침내 도착한 탑의 꼭대기 층의 열쇠를 든 아이샤는 자신을 지켜보고 있는 두 베르를 양옆에 둔 채 조심스럽게 방의 문을 열었다.

　끼이익-

　세 베르는 아주 천천히 방 안으로 들어갔다. 방 안에는 조명
이 없어 어두웠지만 활짝 열려있는 창문으로 밝은 보름달의 빛
이 들어오고 있어 움직이는 것이 크게 불편하지는 않았다. 방 안
에는 부서진 책장에, 다리 개수가 부족한 의자, 정체를 알 수 없
는 지도 뭉치와 고장이 나 빛을 내지 못하는 조명들이 자리하고
있었다. 게다가 오래 사용하지 않았는지 방 안에는 먼지가 가득
쌓여있었다. 안을 둘러보던 테오도르가 투덜거렸다.

　"이게 뭐야, 하나도 특별한 게 없잖아? 전설은 둘째치고 누가
금은보화라도 숨겨놓았을까 싶었는데, 이건 뭐 제페토 할아버
지가 사용했던 창고만도 못하잖아?"

　그는 먼지가 가득 쌓인 나무 조각을 툭툭 치며 말했다. 아이
샤 역시 김이 팍 식는 느낌을 받고는 흥미를 잃었다는 듯 손에
들고 있던 열쇠 꾸러미를 가지고 장난을 쳤다.

　"그러게 말이야. 그나저나 탑의 전설은 어쩌다가 생기게 된
걸까? 대체 여기 있으면 알고 싶지 않은 진실을 알게 될 거라는
게 무슨⋯!"

　"쉿!"

　아이샤의 말을 끊은 것은 코델리아였다. 그녀는 활짝 열린 창
가에 쭈그리고 앉아 얼굴만 빼꼼 내놓은 채로 탑 아래를 바라보

고 있었다.

"둘 다 이리 와봐!"

코델리아는 속삭이며 말했지만 아이샤와 테오도르를 부르는 손짓에서 다급함이 느껴졌다. 코델리아가 가리킨 곳에는 어느새 잠에서 깬 썬더가 어둠 속에서 누군가의 볼을 쓰다듬으며 달콤한 목소리로 말을 걸고 있었다.

"오, 나의 귀염둥이. 내가 잠드는 바람에 그대를 보러 가지 못했어. 미안해."

"괜찮아, 멋쟁이. 당신이 잠이 많은 건 이미 알고 있으니까. 우리 멋쟁이가 자느라 저녁을 못 먹었을까 봐 내가 샌드위치를 싸왔지."

썬더의 앞에는 생활관에서 고장 난 물건을 고쳐주는 기타 업무 관리자 브리즈가 서 있었다. 그녀는 재기발랄한 성격이었지만 조금 거칠고 고집스러운 면이 있어서 귀여운 외모에 호감을 느끼고 다가왔던 베르들을 알게 모르게 밀어내는 이였다. 역시나 기타 업무를 보는 관리자이지만 탑의 문지기 역할을 하느라 항상 탑 근처에 상주하고 있는 썬더는 낯을 많이 가려서 처음 보는 베르들에게 과하게 무뚝뚝했다. 게다가 흥분하면 자신도 모르게 호통을 치는 버릇이 있어 다른 베르들이 다가가기 어려워했다. 그러나 지금 두 베르는 서로를 달콤하게 쳐다보며 사랑을 속삭이고 있었다.

"나만의 멋쟁이. 내가 만약 흔들의자를 고쳐주겠다고 이곳에 찾아오지 않았더라면 우린 이렇게 깊은 사이가 될 수 없었겠지? 역시 인연은 쟁취하는 거야."

"읏, 귀염둥이. 그대가 날 쟁취한 게 아니라 내가 그대를 쟁취한 거야. 일부러 의자가 고장 났다고 말을 걸었던 건 나니까. 모두 의도했던 거라고."

썬더는 달콤한 눈빛으로 브리즈의 얼굴을 천천히 매만지며 그녀에게 입을 맞췄다.

털썩-

그 모습에 탑에서 두 베르를 훔쳐보고 있던 아이샤는 다리에 힘이 풀려 그만 주저앉고 말았다. 테오도르와 코델리아 역시 더 이상은 볼 수 없다는 듯 고개를 집어넣고 주저앉아 멍하니 먼지 가득한 방 안을 바라보았다.

"얘들아, 미안해. 이 전설이 그냥 생긴 전설은 아니었나 봐."

테오도르의 사과에 대답하는 이는 아무도 없었다. 이후로도 세 베르는 한동안 자리에서 일어나지 못했다.

8
종담회

30년 전의 일이었다. 당시 각 층의 대표 관리자들은 사서의 사무실에 모여 긴급회의를 진행하고 있었다. 그들은 모두 입을 모아 도서관이 겪고 있는 혼란을 염려했다. 사서와 함께 앉아있는 베르들은 모두 매니테일의 한 층을 대표하는 1급 관리자들이었다. 언제나 침착함을 유지해야 하는 이들이었지만 지금 그들에게서 찾아볼 수 있는 건 오직 혼란뿐이었다. 관리자들은 얼굴을 붉혀가며 도서관에 닥친 위험을 소리쳤고, 그럴수록 탁자의 중앙에 앉아있는 사서의 표정은 점점 어두워졌다.

"크… 큰일입니다! 모두 나와보셔야 할 것 같습니다!"

그때 사무실 밖에서 누군가 문을 급하게 두드렸고, 안에서 답을 하기도 전에 문을 벌컥 열고 들어와 외쳤다. 급하게 들어온 베르는 3층의 2급 관리자 도정이었다. 도정의 다급한 외침에 겨우 버티고 있던 사서의 녹색 눈동자가 서서히 참을 수 없는 침울함에 빠져들었다.

"이게 대체 무슨⋯."

사서와 1급 관리자들이 사무실에서 나오자 로비에 수많은 인간의 도서가 높은 언덕을 쌓고 있는 것이 보였다. 도서는 이리저리 바닥에 널브러진 채로 있었고, 그 위를 누군가의 발이 짓밟고 있었다. 모두가 알고 있는 인물이었다. 그의 이름은 준. 준은 도정과 같은 끝맺음실의 2급 관리자로 누구보다 성실해서 3층을 대표하는 1급 관리자 자리를 물려받을 것으로 거론되는 베르였다.

"이제야 그 고귀한 얼굴들을 볼 수 있네요. 긴말하지 않겠습니다. 사서의 권한을 넘기시죠!"

준이 자신을 올려다보고 있는 사서와 관리자들을 향해 소리쳤다. 그와 그를 따르는 이들은 아주 오래전부터 베르들 사이에 비밀리에 존재하던 조직, 종담회를 따르는 자들이었다.

종담회는 베르를 향해 내려진 신의 저주를 거부하고, 베르가 인간에 비해 월등한 존재라고 주장했다. 인간의 도서는 관리하는 것이 아니라 지배해야 한다고 믿는 매니테일의 반역자 집단이었다.

"사서, 이제 당신의 시대가 얼마 남지 않았습니다. 사서직을 후대에 물려주어야 할 시기란 말입니다. 그렇다면 저희에게 그 권한과 능력을 모두 넘기세요."

종담회의 일원들은 여기저기서 하나둘씩 모여들어 사무실 앞에 서있던 사서와 1급 관리자들을 에워쌌다. 그러나 그 순간에도 사서의 시선은 온통 다른 곳에 있었다. 그의 시선은 자신에게 소리치는 이들이 아닌 그들이 밟고 있는 도서에 향해있었는데, 도서가 조금이라도 상할까 눈을 뗄 수 없는 듯했다.

"허… 고귀하신 사서께서는 천한 종담회에게는 눈길도 주지 않으시는군요. 그렇다면 어쩔 수 없죠. 아름다운 녹색 눈동자를 친절히 움직여드려야지."

준이 자신의 곁에 서있던 이에게 고개를 까딱하며 신호를 주었다. 그러자 그가 준에게 웬 유리병을 건넸는데, 유리병에는 반짝거리는 황금 가루가 들어있었다. 이는 책벌레 여왕에게서 추출한 책벌레들을 모여들게 하는 무서운 가루였다. 준은 작은 유리병의 뚜껑을 열고서는 팔을 높이 들며 병을 기울였다. 가루가 도서에 떨어지는 순간 책벌레들이 달려와 가루가 묻은 도서를 쑥대밭으로 만들어버릴 것이었다.

"당장 멈추지 못해!"

사서와 1급 관리자들까지 모두 둘러싸인 상황에서 아무도 쉽게 나서지 못했다. 오직 도정만이 한 발짝 앞으로 나섰고 이내 준이 서있는 책 무더기를 향해 달리기 시작했다.

"어딜!"

"으악! 으으⋯."

하지만 도정은 준에게 닿기도 전에 주변에 있던 종담회 출신에게 발길질을 당해 굴러떨어졌다. 도정의 신음이 근처에 있던 베르들의 귀에 똑똑히 들렸지만 아무도 그를 위해 나서지는 못했다. 오히려 움직인 건 준 쪽이었다. 그는 과장된 움직임으로 하늘을 향해 손을 쭉 뻗었다.

"아직 퇴치하지 못한 책벌레가 관리자들의 눈을 피해 도서관을 돌아다니고 있다는 건 잘 알고 있겠죠? 이 가루를 도서에 뿌린다니 이제 저한테 집중할 생각이 좀 드나요?"

준의 말에 사서가 크게 분노했다.

"대체 원하는 게 무엇이냐!"

어찌나 화가 났던지 그의 이마와 목에는 핏줄이 곧 터질 것처럼 부풀어있었다. 하지만 그런 그의 모습조차 가소롭다는 듯 팔을 내린 준은 그저 어깨를 으쓱할 뿐이었다.

"내가 원하는 거? 잘난 당신의 자리라고 말했을 텐데요? 애초에 대체 무엇이 그렇게 화가 난단 말입니까? 인간은 그리 큰 존재가 아니란 걸, 오히려 약하디약한 존재라는 것을 나보다 당신이 더 잘 알 텐데요?"

"준⋯ 아니, 종담회여. 내 묻겠네. 그래서 대체 그대들은 무얼 하고 싶은 것인가."

준이 답했다.

"사서의 권한으로 도서관을 개편하고 인간의 도서에 개입해 우리의 뜻대로 움직이게 할 것입니다. 우리가 이 세상을 지배할 것이라는 말입니다. 이곳 매니테일을 손에 넣는 자가 곧 세상을 지배하는 자가 된다는 건 도서를 탐했던 이들의 후손인 우리가 가장 잘 알지 않습니까? 오히려 제가 묻고 싶군요. 사서는 대체 무엇을 망설이시는 겁니까?"

준은 뻔뻔한 태도로 사서에게 되물었다. 준의 물음에 1층 로비로 모여들었던 관리자들이 웅성거리는 소리가 도서관을 가득 채웠다. 모두 사서의 답을 기다리고 있는 듯했다. 소란스러움에 1층에 오지 못한 베르들까지도 본관의 전 층을 연결하고 있는 중앙계단과 이를 중심으로 펼쳐진 난간에 기대어 로비를 내려다보고 있었다. 그럼에도 사서가 아무런 말이 없자 준은 자신이 들고 있던 병을 기울였고, 아주 적은 양의 가루가 그가 서있던 도서들 사이로 떨어졌다.

드드드-

순간 약한 진동이 본관을 흔들었다. 적은 양의 가루에도 숨어 있던 책벌레들이 반응하고 모여들고 있었다.

"으악! 책벌레다! 스무 마리는 족히 넘어!"

그때 2층에 있던 관리자들의 외침이 들려왔다. 그들은 빠르게 책벌레들을 손으로 잡아보려 했으나 도서의 냄새와 자신들의 여왕이 뿜어내는 가루까지 섞인 냄새를 맡고 흥분한 녀석들을 고작 관리자 몇 명에서 막아내기에는 역부족이었다.

"그만, 알겠다. 너희의 말대로 사서직을 넘길 테니 그만하고 이리 내려오거라. 전직 사서에서 후대 사서로만 전해지는 모든 능력과 권한, 수명을 너희에게 부여하겠다."

"진작에 그럴 것이지."

준은 이겼다는 표정으로 유리병의 마개를 닫고는 천천히 도서를 짓밟으며 책더미에서 내려왔다. 그가 사서에게 가까워질수록 웅성거리던 도서관이 조용해졌다. 사서와 1급 관리자들을 둘러싸고 있던 종담회 소속 베르들은 준이 사서의 앞으로 갈 수 있도록 하나둘씩 길을 열어주었다. 어느새 사서의 바로 앞에 선 준이 사서의 녹안을 빤히 쳐다보았다.

"어디 잘난 사서의 눈빛은 뭐가 다른지 한번 알아볼까요?"

"…꿈도 크지."

사서의 말이 끝나자마자 순식간에 사서를 향해 두꺼운 도서 한 권이 날아왔다. 4층에 보관되고 있는 봉인서였다. 사서는 몸을 날려 자신을 향해 날아온 봉인서를 받아내어 펼쳤다. 그러자 봉인서 안에서 밝은 빛이 뿜어져 나왔다.

"이게 무슨! 으아악!"

준은 급하게 들고 있던 유리병을 열려고 시도했지만 이미 때는 늦었고, 그의 몸은 봉인서에 빨려 들어가고 있었다. 그 모습에 근처에 있던 종담회 일원들이 사서를 제압하려 달려들었지만 순간 발생한 균열을 놓치지 않은 1급 관리자들이 서둘러 그들을 제압했다.

"탐욕을 가졌던 이들의 후손이 또다시 탐욕을 가지고 이야기들을 손에 넣고자 하다니. 어서 책벌레들을 잡아내고 종담회 출신들을 포박하라!"

사서의 외침에 굳어있던 도서관이 움직이기 시작했다. 그날 이후 매니테일은 종담회에 속한 베르들을 색출하기 시작했다. 사서는 색출된 모든 베르에게 조금의 자비도 주지 않았고 평생을 봉인서에 갇혀 그곳에서 생을 마감하는 벌을 내렸다. 그 과정에서 생각보다 더 많은 베르들이 종담회 소속이었던 것으로 밝혀져 매니테일은 크게 뒤집혔다. 가족이나 친구가 반역자였음을 알게 된 이들은 분노했고, 사서는 상황이 악화될 때까지 도서관을 제대로 관리하지 못했다는 이유로 퇴직을 요구받았다. 사서는 모든 혼란의 책임이 자신에게 있음을 인정하고 사임했다. 아직 그가 사서직에 있어야 할 시간이 도서 한 권의 평균 길이만큼은 남아 있을 시점이었다.

4층 소속도 아니면서 그곳에 함부로 올라간 것도 모자라 감히 봉인서에 손을 댄 죄로 꼬박 열흘 밤낮을 봉인서에 갇혀있던 도정이 도서관에 돌아온 날이었다. 도정을 마중 나온 사서가 그를 자신의 사무실에 초대해 차를 따라주며 물었다.

"대체 왜 그렇게 어리석은 짓을 했느냐. 자칫 잘못했다가는 내게 가져오기 전에 네가 봉인서에 갇혀버렸을 수도 있었다."

"제가 했던 어리석은 짓 중 가장 후회하지 않는 행동입니다. 분명 4층에 올라 봉인서에 손을 댄 것은 잘못이나 제 베르 인생 중 가장 관리자다운 행동이었습니다."

도정의 답에 사서가 그저 고개를 끄덕였다. 질책도, 칭찬도 없었다. 얼마 뒤, 사서는 자신의 후임으로 3층 소속의 평범한 관리자였던 도정을 지목했다.

"이제 앞으로는 네가 매니테일의 새로운 사서가 되는 것이다. 나는 그러지 못했지만 너는 끝까지 훌륭한 사서가 되어라. 사서란 도서관의 총 책임자이자 최고 관리자임을 잊지 말거라."

봉인서에 갇히는 벌을 받고 돌아와 곧장 3층의 대표 관리자 직에 오르긴 했으나 아직 그는 도서관을 대표하기에는 너무나도 앳된 베르였다. 그럼에도 사서는 그를 선택했다.

"저는 사서직은 고사하고 3층에서도 주목받던 관리자가 아니었습니다. 시대가 혼란스러웠기에 3층의 대표 관리자에 오를 수 있었던 평범한, 아니 오히려 조금은 모자란 관리자입니다. 그런 제가 사서라니 말도 안 됩니다."

도정은 자신에게는 그와 같은 사서직을 맡을 능력이 없다고 말하며 결정을 번복해달라고 부탁했다.

"3층의 대표 관리자 자리에 오른 지도 얼마 되지 않았단 말입니다! 이전 1급 관리자께서 준과 함께 쫓겨나는 바람에 급하게 지목된 것이었죠."

"도정, 넌 분명 훌륭한 사서가 될 것이다."

사서의 녹안이 빛났다. 도서관에서 이토록 푸른 녹안을 가질 수 있는 이는 단 한 명뿐이었다. 그 빛나는 눈은 오직 매니테일의 사서만이 가진 권한이었다. 사서는 도정의 손을 맞잡았고, 이내 도정은 어쩔 수 없이 받아들이겠다는 표정으로 서서히 눈을 감았다.

전대 사서의 녹안이 점점 옅어졌고, 그의 모든 것은 후대 사서에게로 넘어갔다. 다시 천천히 눈을 뜬 도정의 눈앞에는 아무도 없었다. 매니테일의 새로운 녹안이 탄생한 것이었다. 도정은 다시 눈을 감았다. 그리고 그가 다시 눈을 떴을 때, 그는 자신의 사무실에서 엎드려 자고 있던 자신을 발견했다.

"엿 같은 꿈을 꾸었군."

★

달이 보이지 않는 어느 그믐날, 긍지의 탑으로 향하는 숲속 깊은 곳에서는 긴 망토를 두른 이들이 모여 수상한 의식을 치르고 있었다. 그들은 손에 하나씩 쥐고 있는 촛불을 향해 중얼거리며 알아들을 수 없는 말을 잔뜩 내뱉었다. 의식을 마친 뒤에는 그중 한 명이 앞으로 나와 다른 이들을 향해 말했다.

"우리 종담회는 어디로 가는가."

"이제 때가 온 것이다. '마칠 종'에 '이야기 담'. 한 번 시작한 이야기는 언젠가는 끝을 보는 법. 오직 이야기가 없는 우리만이 이야기가 있는 자들을 다스릴 수 있다."

깊은 어둠 속에서 사내의 눈이 붉게 물들었다. 새벽의 어둠 속에서 해가 막 모습을 드러내기 시작할 무렵, 깜깜한 어둠 속에서 정체를 알 수 없는 괴상한 양복 차림의 인물들이 하나둘씩 기지개를 켜며 숨을 크게 들이마셨다. 그들은 모두 키가 2미터는 훌쩍 넘었고, 괴상해 보일 만큼 마른 몸집이었다. 양복을 입은 그 수십 명의 인물은 마치 거미 군단처럼 보였다.

"그렇게 좋아?"

"퀴퀴한 봉인서에 갇혀있다가 얼마 만에 나온 건데 당연한 말씀을."

그중 가장 앞에 있던 이가 답했다. 그는 검은색과 초록색이 줄무늬를 이루고 있는 양복 차림에 머리에는 양복과 세트로 보이는 초록색 모자를 쓰고 있었고, 손에는 커다란 에메랄드가 박힌 금빛 지팡이를 들고 있었다.

"약속은 꼭 지켜."

"당연하지."

그는 저 멀리 보이는 문과 문 사이로 들어오는 밝은 빛을 쳐다보며 두 손을 하늘 높이 뻗어 올렸다.

"오랜만이야, 매니테일. 그럼 가볼까?"

그가 자신이 들고 있던 지팡이로 바닥을 쿵 치자 뒤에 있던 다른 이들은 환호의 소리를 내질렀다. 그리고 그들은 사악한 웃음을 가득 머금은 채 천천히 매니테일 본관으로 향했다.

삐이이이이이!

3층 끝맺음실에서 근무 중이던 수습생들은 도서관 전체에 울려 퍼지는 사이렌 소리에 놀라 고개를 들었다. 3층에 놓인 도서들을 오래된 순으로 정리하고 있던 아이샤도 놀라서 하던 일을 멈추고 함께 있던 하나와 눈을 마주쳤다.

"비상. 비상. 수습생을 포함한 각 층의 3급 관리자들은 모두 1층 로비로 집합하길 바랍니다. 다시 한 번 알립니다. 수습생을 포함한 각 층의 3급 관리자들은 모두 1층 로비로 집합하길 바랍니다."

"무슨 일이지? 아이샤, 너랑 나도 가야 할까?"

"수습생들도 전부 모이라잖아. 무슨 일인지는 가면서 생각하자고. 일단 뛰어!"

아이샤는 책장에서 나와 끝맺음실의 입구를 향해 뛰기 시작했다. 어느새 꽤 많은 관리자가 책장 사이에서 나와 그들과 함께 뛰기 시작했는데, 그들 역시 수습생이거나 3급 관리자였다. 3층 입구에서 나온 아이샤는 3층뿐 아니라 전 층에서 3급 관리자들이 하던 일을 뒤로하고 뛰쳐나오는 것을 볼 수 있었다. 수많은 관리자가 중앙계단을 통해 로비로 집합 중이었다.

"어? 빌리!"

계단을 내려가는 길에는 아이샤가 근무했던 2층 열람실의 도서 관리부 소속 빌리와 마주치기도 했는데, 빌리 역시 3급 관리자라 로비로 향하는 중인 듯했다.

"이게 대체 무슨 일이에요? 근데 왜 3급 관리자들만 모이라는 거죠?"

도서관에서는 큰일이 생기면 전통적으로 수습생과 3급 관리자들을 집합시켜 일을 해결했다. 어떤 일이 있더라도 매니테일은 멈출 수 없기에 존재하는 수칙이 있었는데, 첫째, 최소한의 인력만 투입하고, 둘째, 많은 인력이 필요한 경우 아직 업무의 전문성과 숙련도가 떨어지는 신입 관리자들을 투입하는 것이었다.

아이샤가 로비에 도착했을 때, 그곳에는 이미 먼저 내려온 3급 관리자들이 자신이 속한 층끼리 모여 오와 열을 맞춰 서있었다. 그 모습에 두 베르도 자신이 있어야 할 곳을 찾았다.

그들 앞에는 도정과 어지간한 일이 아니면 잘 나타나지 않는다는 4층의 대표 관리자 베넷이 서있었다. 베넷은 자신의 정체를 밝히지 않았지만, 얼굴의 반을 덮는 하얀 가면을 쓰고는 관리복 위에 4층 관리자들만 입고 다니는 짧은 망토를 걸치고 있어 누구든 그의 존재를 알아볼 수 있었다.

"이렇게 빨리 모여주신 여러분께 정말 감사드립니다. 하지만 지금은 이런저런 이야기를 나누고 있을 때가 아닙니다."

웅성거리던 관리자들은 도정의 말에 모두 조용해졌다.

"봉인서에 갇혀있던 퀘스들이 탈출했습니다. 한 놈도 빠짐없이 말입니다."

도정에 이어서 베넷이 입을 열었다.

"그 괴물들을 찾아야 합니다. 그놈들이 인간의 도서에 들어가기 전에 다시 봉인서에 가두는 것이 여러분들의 역할입니다."

베넷의 말에 관리자들은 다시 웅성거리기 시작했다. 퀘스는 도서관 4층에 갇혀있는 종족을 의미했다. 그들이 처음부터 봉인서에 갇혀있던 것은 아니었는데, 계속해서 인간들의 도서에 들어가 그들의 이야기에 간섭하며 도서들을 지키는 베르들과 잦은 다툼이 있었다. 그러다 아주 오래전 인간을 조종하여 파멸에 이르도록 전쟁을 조장하다가 신에게 봉인당한 뒤 베르에게 맡겨졌다. 퀘스들은 그 이후에도 간혹 몇 명씩 봉인서에서 빠져나와 인간의 도서에 들어가곤 했는데, 이렇게 한날한시에 그 많은 퀘스들이 모두 봉인을 깨고 빠져나온 건 이례적인 일이었다.

아이샤와 하나는 테오도르, 코델리아와 만나 함께 1층 책장을 구석구석 돌아다니며 퀘스를 찾고 있었다. 그때 누군가 아이샤의 뒤에 나타나 어깨에 손을 올리고서는 말을 걸었다.

"이번에도 모르는 얼굴이야. 갇혀있는 동안 신입이 더 들어온 모양이네."

"깜짝이야. 누구세요?"

아이샤는 놀라서 그를 바라보았지만 그는 아이샤의 질문에 답을 해주지 않았다. 키가 천장에 닿을 듯이 큰 남자는 검은색 줄무늬가 섞여있는 초록색 정장을 차려입고는 금색 지팡이를 빙빙 돌리고 있었다. 그 모습은 그동안 아이샤가 봐왔던 인간의 모습도, 베르의 모습도 아니었는데, 심지어는 그녀가 살았던 수많은 이야기 속에서도 만나보지 못했던 모습이었다. 큰 키에 마른 몸이 마치 거미가 생각나는 외형은 분명 예비생 시절에 들었던 퀘스의 모습이었다. 그는 아이샤의 어깨에 손을 올린 채로 저 멀리 서있던 1층의 대표 관리자 앤디를 불러 세웠다.

"기억하기 싫은 기분 나쁜 얼굴이 보이네? 동그라미!"

"퀘스!"

"오랜만이야, 앤디? 너 같은 관리자들 때문에 그 봉인서에 얼마나 갇혀있었는지 알아? 좀이 다 쑤시더라니까…"

그는 불쌍한 척 슬픈 눈을 지어 보이며 눈썹을 내렸지만 입가에서는 참을 수 없는 사악한 미소가 새어 나왔다. 아이샤는 그의 얼굴을 올려다보면서 알 수 없는 거북함을 느끼고 피하려 했지만, 이상하게도 몸을 마음대로 움직일 수가 없었다. 몸이 너무 무거워 눈꺼풀조차도 제대로 뜨기가 힘들었다. 퀘스는 나뭇가지처럼 비쩍 마른 한 손만을 아이샤의 어깨에 올리고 있을 뿐인데 마치 그 무게가 수백 킬로그램은 나가는 돌덩이처럼 느껴졌다.

"그 아이에게서 당장 손 떼, 퀘스."

앤디는 단호하게 퀘스에게 명령했다. 하지만 멀리서 뛰어오느라 새빨개진 동그란 두 볼은 그가 숨을 쉴 때마다 심하게 흔들렸고, 그 모습에 퀘스는 비웃음을 터뜨렸다.

"내가 지금 이 베르에게서 손을 떼면, 그 다음엔 어디에 손을 댈 줄 알고 그래?"

퀘스는 보란 듯이 근처에 있는 책장을 흘깃 바라보았다. 그 책장에는 탄생한 지 얼마 되지 않은 도서가 꽂혀있었다.

"안 돼! 잡아야 해!"

앤디는 소리를 질렀고, 그 모습에 퀘스는 씩 웃더니 아이샤의 어깨에서 손을 떼었다. 그가 손을 떼자마자 아이샤는 그 자리에 주저앉고 말았다. 마치 위에서부터 짓누르던 무거운 물체가 사라지자 몸에 주고 있던 힘이 빠진 듯했다.

"아이샤! 괜찮아?"

테오도르가 내민 손을 잡고 겨우 일어난 아이샤는 퀘스를 째려보았다. 하지만 이미 퀘스는 문장 작성부가 있는 탄생실 안쪽으로 빠르게 도망가고 있었다.

"걱정 마, 갓 탄생한 도서들은 안 건드릴 거야. 어차피 탄생실은 별 볼 것도 없어. 뭐 말이 통해야 이야기를 바꾸든지 말든지. 아… 근데 이건 내 이야기고 다른 퀘스들은 모르겠다? 나보다 더한 것들이 있어서 일부러 탄생실을 노리겠다는 녀석들도 있더라고, 그럼 어디 한번 잘 찾아봐!"

퀘스는 뛰어가던 방향을 바꿔 다시 탄생실의 입구를 향해 돌아갔다. 순간 앤디의 표정이 차갑게 굳었다.

"2층 열람실로 가야 해! 어서!"

앤디의 말에 아이샤와 코델리아가 조금의 망설임도 없이 탄생실을 뛰쳐나갔다.

"우리도 가야 할… 테오! 나도 같이 가!"

그리고 테오도르와 하나 역시 그 뒤를 쫓았다.

"다 잡았어. 한 놈만 빼고 말이지."

아이샤가 숨을 헐떡이며 2층 열람실에 도착했을 때는 대표 관리자 라일라가 빨간 안경을 머리 위에 올려둔 채로 책장 사이를 오가며 일하고 있는 관리자들에게 소리치고 있었다.

"그놈이 퀘스들의 수장이야. 한 놈만 남았다고 해서 방심하지 말고 도서들을 잘 지키라고."

"으으음, 너무 그러지 말라고. 누가 보면 내가 도서를 잡아먹는 줄 알겠어. 난 아주 작은 장난을 치는 것뿐인데 말이야."

라일라가 이야기를 하고 있을 때 18889번 책장과 18890번 책장 사이에서 퀘스가 걸어 나왔다. 그 사이 아이샤는 그가 지나쳤던 18889번 책장 뒤에 숨어들었다. 그녀는 책장의 틈으로 퀘스가 천천히 라일라를 향해 걸어가고 있는 것을 보았지만 아무것도 할 수가 없었다.

"꼼짝 마!"

퀘스가 가까이 다가오자 라일라는 그를 잡기 위해 들고 있던 그물을 던졌다. 재빠른 퀘스 탓에 안타깝게도 사정거리 밖이었고 퀘스는 돌아보지도 않은 채로 뒤로 뛰어올라 거리를 두며 이후에 이어질 공격을 미리 피해버렸다. 근처에 있던 관리자들이 던진 다른 그물들도 힘없이 바닥에 떨어졌다.

"이크, 하마터면 물 밖에 나온 물고기 꼴이 될 뻔했네. 반가운 마음을 이렇게 격하게 표현하다니. 놀랐잖아, 라일라."

그러나 그 순간 18889번 책장에서 18890번 책장으로 조용히 이동해 그의 뒤에 서있던 아이샤가 퀘스의 지팡이 끝자락을 붙잡았다.

"이게 무슨!"

퀘스는 놀라 뒤를 돌아보았다. 그뿐만 아니라 테오도르와 코델리아 그리고 근처에 있던 관리자들 모두 아이샤의 행동에 놀랐다. 누구도 감히 퀘스의 수장을 상대로 그의 힘의 원천이라고 알려진 지팡이를 맨손으로 잡은 적은 없었다.

"지금이야! 모두 저 자식을 둘러싸! 몇 명은 빨리 베넷한테 봉인서를 받아와!"

서둘러 정신을 차린 라일라는 당황한 나머지 넘어진 퀘스의 근처를 둘러싸라며 관리자들에게 명령했다. 퀘스는 자신이 자리에서 일어나는 동안 라일라와 관리자들이 주위에 있다는 것을 확인하고는 분한 표정을 지었다.

순간 퀘스는 작은 바퀴가 굴러가는 소리를 들었다. 그러더니 아이샤를 밀치고 도서를 가득 담고 이동 중이던 이동식 책꽂이 카트를 향해 달려갔다. 그가 긴 지팡이로 카트를 밀어 넘어뜨리자 그 안에 담겨있던 도서들이 모두 바닥에 떨어졌다. 그중에는 떨어지며 펼쳐진 도서들도 있었는데, 퀘스는 열려있는 도서 중 한 도서를 향해 뛰어들었다. 그는 순식간에 도서 안으로 사라져 버렸다.

퀘스를 쫓던 아이샤는 제 속도를 이기지 못하고 그대로 그가 들어간 도서 안으로 따라 들어갔고, 아이샤까지 도서에 들어가자 도서가 굳게 닫혔다. 퀘스와 아이샤가 있던 자리에는 도서 한 권만이 바닥에 덩그러니 놓여있었다.

퀘스가 난입한 도서의 주인은 찬혁이었다. 일하지 않는 아버지와 어린 동생을 먹여 살리기 위해 집안의 가장 역할을 맡은 지도 벌써 3년째, 찬혁은 아르바이트를 여러 개 굴리며 빠듯하게 사는 것에 점점 지쳤다. 게다가 이제 한 학기만 지나면 대학을 졸업해야 했는데 도통 취업 준비를 할 시간이 나질 않았다. 아르바이트도 장학금도 모두 놓칠 수 없었던 찬혁은 학교 도서관에서 늦게까지 공부를 하다가 도서관을 닫는다는 방송에 떠밀리듯 자리에서 일어났다.

"형, 어디야?"

"집 가는 길이지. 밥은 먹었어? 아버지는?"

"응, 밥은 먹었고. 아버지는 아직 안 들어오셨어. 형, 근데⋯ 용돈 좀 줄 수 있을까? 내일 문제집 사야 해."

도서관에서 나와 집으로 돌아가던 찬혁은 동생의 전화에 가슴이 철렁했다. 문제집을 사면 3만 원은 족히 나갈 텐데 그렇다고 공부하겠다는 동생의 부탁을 무시할 수도 없는 노릇이었다.

"알겠어. 통장에 잔액이 없어서 지금은 안 되고, 집에 가서 현금으로 줄게."

전화를 끊은 찬혁은 과외 학생과 자신의 교재가 가득 들어있는 가방을 고쳐매고는 다시 집으로 걸어가기 시작했다. 그때 찬혁의 휴대폰이 다시 울렸다.

"여보세요?"

"김원광 님 보호자 맞으신가요?"

"네? 보호자요? 아… 제가 아들입니다."

경찰서에서 아버지의 보호자를 찾는 전화였다. 밤늦게까지 술을 마시던 아버지가 지나가던 행인과 시비가 붙어 몸싸움을 벌였다는 것이었다. 경찰은 상대방이 합의할 생각이 없어 보이니 서둘러 경찰서로 와달라고 닦달했다. 전화기 멀리서는 터무니없이 높은 합의금을 요구하는 상대방의 말소리가 들렸고, 그 소리를 들은 찬혁은 다리가 떨리기 시작했다. 그 순간 아버지가 밉다기보단 망했다는 생각이 먼저 들었다. 당장 동생에게 문제집 살 돈 몇 푼 쥐여주기도 힘든 마당에 아버지의 합의금까지 물어줘야 했다.

찬혁은 망연자실한 상태로 어떻게 해야 할지 판단조차 내릴 수 없었다. 와중에 하늘에서는 비까지 내리기 시작했다. 아무도 없는 거리에서 우산도 없이 비를 맞으며 이러지도 저러지도 못한 채 서있던 찬혁은 제정신이 아니었다. 세상이 핑핑 도는 것처럼 어지러웠다. 그때 어두운 골목 끝에서 괴상한 초록색 양복 차림의 신사가 찬혁을 향해 걸어왔다. 키가 2미터는 훌쩍 넘어 보였고 어찌나 바싹 말랐는지 보는 이에게 기괴하다는 생각마저 들게 했다. 찬혁은 비를 뚫고 한 걸음씩 다가오는 신사를 보며 뒷걸음질을 치고 싶었지만 놀라서 힘이 빠져버린 다리는 제 주인을 도와줄 생각이 없어 보였다. 찬혁이 도망도 가지 못하고 자신을 바라만 보고 있자 신사는 가까이 다가와서 들고 있던 우산을 찬혁에게 씌워주었다. 찬혁에게 우산을 씌워준 신사는 정작 본인은 빗속에 우산도 없이 서있었는데, 이상하게도 그는 옷자락조차 물에 젖지 않았다.

"저런, 이렇게 어두운 시간에 비도 오는데. 감기 드실라."

"누… 누구세요?"

"아, 소개가 늦었네요. 저는 퀘스라고 합니다. 세상에는 많은 퀘스들이 있고, 그들 모두 퀘스라고 불리죠. 저 역시 퀘스입니다."

갑자기 등장한 수상한 신사는 자신을 퀘스라고 소개하며 양복에 있던 손수건을 건넸다. 찬혁은 눈살을 찌푸리고 신사의 얼굴을 확인하려 했지만 계속해서 비가 쏟아지는 탓에 제대로 볼수가 없었다. 그 순간 빗소리 사이로 찬혁의 휴대폰이 울리기 시작했다. 경찰서에서 온 전화였다.

"많이 곤란한 상황인가 봐요?"

"네…."

휴대폰 액정만 내려다보고 있는 찬혁의 모습에 퀘스의 눈이 반짝였다.

"곤란한 상황에 부닥친 이를 못 본 척하고 지나갈 수는 없죠.

당신을 도울 수 있는 제안을 하나 하겠습니다. 저의 제안을 들어 보시겠습니까?"

퀘스는 나긋나긋한 목소리로 제안을 건넸다. 퀘스의 말을 듣자 찬혁은 혼란스럽던 상황도 불안하던 감정도 모두 사라지는 듯한 기분이었다. 자신에게 우산과 손수건을 건네준 사람이 나쁜 사람일 리는 없다는 판단을 내린 찬혁은 단번에 그 제안을 듣고 싶다고 말했다.

"저는 사람의 감정을 사고파는 장사꾼입니다. 만약 감정을 팔수 있다면, 당신은 당신의 행복을 파시겠습니까?"

찬혁은 사람의 감정을 어떻게 사고팔겠다는 건지 이해할 수 없었다. 하지만 계속 울려대는 전화와 자신이 서있는 어둡고 추운 거리처럼 앞이 보이지 않는 막막한 미래에 밑져야 본전이라는 생각이 들었다.

"팔게요. 가져갈 수만 있다면 가져가세요. 대신 돈은 넉넉하게 주시고요."

찬혁의 대답에 퀘스는 기쁘게 웃었다. 찬혁은 자신이 누군가에게 팔 수 있을 만큼의 행복을 가졌는지도 알 수 없었다. 만약 가지고 있다고 하더라도 퀘스가 자신의 행복을 어떻게 가져가겠다는 건지는 더더욱 알 수 없었기에 그가 말도 안 되는 말장난을 치고 있는 것이라고 생각했다. 반면 퀘스는 진지한 얼굴로 찬혁을 내려다보고 있었다.

퀘스는 씌워주던 우산을 바닥에 내팽개쳤다. 찬혁은 다시 비를 홀딱 다 맞게 되었고 멈출 줄 모르고 쏟아지는 빗물이 눈에 들어가자 자연스럽게 눈이 찌푸려졌다. 퀘스는 큰 키를 숙여 찬혁의 찌푸린 눈과 마주했다. 퀘스의 눈동자는 초록빛으로 빛났는데, 그의 눈을 바라보고 있자니 마치 그의 초록색 눈동자 안으로 빨려 들어가는 것만 같았다.

"당신의 이야기가 앞으로 어떻게 펼쳐질지 궁금하네요… 궁금하네요… 궁금하네요…."

중얼거리는 퀘스의 목소리가 찬혁의 머릿속에서 맴돌았다.

"네? 뭐가 궁금하다고요? 저기요! 무슨 말인지…."

"형! 정신 차려!"

찬혁이 정신을 차린 건 이미 그가 집에 도착한 뒤였다. 찬혁은 현관에서 물을 뚝뚝 흘리며 서있는 자신과 그런 자신의 앞에서 고래고래 소리를 지르는 동생의 모습을 보았다.

"어? 어… 미안. 내가 언제 집에 왔지?"

"몰라, 방에서 공부하다가 현관문 열리는 소리가 나길래 나왔는데 형이 멍한 표정으로 서있었어. 막 이상한 말을 중얼거리면서 말이야."

"아, 맞다! 행복을 팔면 돈을 준댔는데…."

찬혁은 허둥지둥 몸을 더듬어 보았지만 그 어떤 곳에도 돈은 없었다. 그리고 고개를 들고는 스스로 불행한지 생각해 보았다.

딱히 평소보다 불행한 것 같지도 않았다.

"형, 괜찮아? 무섭게 왜 그래."

"아니야. 요즘 내가 많이 피곤한가 봐. 그나저나 문제집 사는데 얼마나 필요한데?"

찬혁은 자신이 집까지 걸어오는 길에 개꿈을 꿨다고 생각하며 동생에게 줄 돈을 꺼내기 위해 가방을 열었다.

"형… 이거 진짜 돈이야? 이게 다 얼마야…?"

찬혁이 가방을 열자 그 안에는 현금다발이 가득했다. 대충 봐도 수천만 원은 넘어 보였다. 기뻐하는 동생과 달리 찬혁의 얼굴은 사색이 되었다. 수상한 양복을 입은 신사, 퀘스를 본 것이 자신의 망상이 아니었다는 것을 증명하는 돈이었기 때문이었다.

★

"숨어서 구경하면 내가 모를 줄 알았나 봐?"

찬혁이 멍한 표정으로 비를 맞으며 떠난 후, 퀘스는 고개를 돌려 자신이 서있던 골목을 바라보았다. 어두운 골목에는 아무도 없는 것 같았지만 퀘스는 확신에 찬 말투로 말을 이어나갔다.

"아까 내 지팡이를 잡은 베르인가 보지? 이렇게 도서까지 쫓아와서 사사건건 일을 방해하다니. 약간 화가 나려고 하네."

"…"

"뭐, 맘대로 해. 어차피 봉인서도 없는 애송이가 할 수 있는 건 아무것도 없으니까."

퀘스는 바닥에 떨어져있던 우산을 집어 들었다. 그러자 우산이 순식간에 금빛 지팡이로 바뀌었다.

"인간들은 비가 올 때 잠시 우산을 씌워준다고 씌워준 사람을 너무 믿어서 문제예요. 우산 안으로 들어오면 끝이 보이지 않는 장마의 시작인 건데 그것도 모르고."

끼이익… 끼이익…

퀘스는 일부러 금빛 지팡이를 바닥에 질질 끌며 골목으로 걸어왔다. 아이샤는 골목길에 조금 튀어나와 있는 벽 뒤에 숨어있었다. 그녀는 쭈그려 앉은 상태로 숨을 죽이고 있는 자신을 퀘스가 어떻게 알아차렸는지 의문이었지만 그건 중요하지 않았다. 가까워지던 지팡이 소리가 어느 순간 들리지 않았으니 말이다.

"안 그래?"

퀘스의 기다란 몸과 목이 마치 거미처럼 꺾여 아이샤를 바라보고 있었다.

★

찬혁은 생전 처음 만져보는 큰돈을 어떻게 써야 할지조차 몰랐다. 우선 그 돈으로 생활비를 충당하고, 아버지의 합의금을 드리고, 동생에게 그동안 주지 못했던 용돈을 건넸다. 그렇게 필요한 곳에만 썼는데도 퀘스에게 받은 돈은 얼마 안 가 바닥나고 말았다. 돈이 떨어진 찬혁은 퀘스와의 거래가 자신에게 이득이라고 생각하며 다시 퀘스를 만났던 장소로 향했다.

"행복? 애당초 나한테 그런 건 없었어. 가진 적도 없는 행복을 팔고 돈을 벌다니 내가 이득인 거야. 분명 여기쯤이었던 것 같은데…. 왜 안 보이지?"

안개가 가득한 어느 새벽, 찬혁은 이전에 퀘스를 만났던 장소에서 두리번거리면서 그가 나타나기를 기다렸다. 퀘스가 나타나지 않아 찬혁이 점점 지쳐갈 때쯤 안갯속에서 익숙한 형체가 걸어왔다. 장대같이 큰 키에 삐쩍 마른 체형, 눈에 띄는 초록색 양복 차림까지 분명히 퀘스의 외형이었다.

"이런, 오래 기다리셨나 봅니다."

"거래를 하고 싶어서 찾아왔습니다. 이번에는 제가 제안 드리겠습니다. 저의 행복을 사시겠습니까?"

찬혁의 도발적인 말투에 퀘스는 흥미롭다는 표정을 지었다. 찬혁은 자신이 먼저 제안하면 퀘스가 알겠다며 당장 행복을 사갈 줄만 알았는데, 퀘스가 아무 말 없이 자신을 내려다보기만 하자 당황스러운 기색이었다. 하지만 정적도 잠시 퀘스는 찬혁의 제안을 받아들였다.

퀘스와의 두 번째 거래 후, 찬혁은 그에게 받은 돈으로 평소에 바라만 보았던 비싼 옷과 게임기, 술과 담배를 샀다. 처음에는 명품매장에 들어갈 때부터 설렜다. 하지만 점차 시간이 지날수록 온갖 명품을 두르고 매장을 나와도 행복하지 않았다. 그제야 찬혁은 뭔가 이상하다는 것을 느꼈지만 퀘스와의 거래를 멈추지 않았다.

점점 더 피폐해지고 어느새 일상적인 것들에도 기쁨을 느끼지 못했다. 하지만 그건 찬혁에게 큰 문제가 아니었다. 찬혁은 그 뒤로도 몇 번이나 더 퀘스를 찾아가 그에게 거래를 제안했다. 처음 거래를 제안한 것은 퀘스였지만 관계를 지속한 사람은 찬혁이었다. 그럴 때마다 퀘스는 후회하지 않을 자신이 있냐고 되물었다. 그리고 찬혁의 대답은 늘 같았다.

"이번이 몇 번째 거래인지도 헷갈리는군요. 또 묻겠습니다. 당신의 선택에 후회하지 않을 자신이 있으십니까?"

"후회할 이유가 있나요? 돈이 곧 행복인걸요. 저는 행복을 팔고 돈을 받는 게 아니라 행복을 팔고 다시 행복을 얻는 겁니다."

찬혁은 이제 돈이 많았다. 거래할 때마다 퀘스로부터 수천만 원에 달하는 돈을 받았다. 돈을 쓰는 것에도 한계가 있었기에 이제는 집에 현금다발이 굴러다닐 정도였다. 수중에 돈이 생기자 찬혁과 찬혁의 가족의 삶도 예전과는 확연히 달라졌다. 아버지와 동생은 처음에는 갑자기 주기적으로 가방에 돈을 가득 채워서 나타나는 찬혁을 의심했지만, 이제는 그가 돈을 들고 들어와도 조용히 모르는 척을 했다. 그리고 어느 순간 퀘스는 돈뿐만 아니라 더 큰 행복을 찾을 수 있게 해주겠다고 찬혁에게 다른 제안을 하기도 했다.

"이걸 드려서 당신이 더 행복해진다면 저는 더 큰 행복을 살 수 있고, 당신은 행복을 팔면서 더 큰돈을 얻을 수 있죠. 서로에게 이득인 겁니다."

퀘스가 찬혁의 손에 쥐여준 것은 작은 알약이었다. 그리고 퀘스의 말이 맞았다. 그가 준 약을 먹을 때면 행복해졌고, 아버지가 돈을 가지고 노름하러 가셔도, 더 이상 불행하지 않았다. 찬혁은 점점 더 겁 없이 돈을 쓰고, 아버지가 사고를 치고 들어와도 그저 환하게 웃었다. 그리고 그런 모습에 동생과 친구들은 조금씩 변해가는 찬혁을 걱정하기도 했지만, 그는 그저 자신이 부러워 질투하는 것이라고 생각하며 오히려 그 상황을 즐겼다.

돈에 대한 행복이 오래가지 못한 것처럼, 약에 대한 행복도 오래가지 못했다. 어느 순간부터 아무리 돈을 쓰고 약을 먹어도 예전처럼 즐겁지 않았다. 끝까지 변하지 않는 아버지도, 돈이 많아졌음에도 돌아올 기미도 보이지 않는 어머니도 찬혁을 외롭게 만들었다.

"이게 뭐야. 내가 지금 행복한 게 맞나?"

그날도 밤늦게 술을 마시고 집에 가는 길이었다. 찬혁은 어디서 행복을 찾아야 할지 알 수 없어 불안해지던 참이었다.

"오랜만입니다. 오늘도 늦은 시간이군요."

찬혁이 혼잣말을 하고 있을 때 퀘스가 나타났다. 퀘스는 지쳐 버린 그를 보며 또 제안을 해왔다.

"오늘도 당신의 행복을 팔러 오신 겁니까?"

하지만 찬혁은 평소와 달리 아무런 제안도 하지 않았다. 그는 멍한 눈빛으로 퀘스를 올려다보았다. 찬혁은 지친 듯 아무런 힘도 없어 보였고, 그가 아무 대답이 없자 퀘스는 씩 웃으며 그에게 물었다.

"드디어 이런 날이 오는군요. 이 순간을 제가 얼마나 기다렸는지 아십니까? 마지막으로 묻겠습니다. 당신의 행복을 파시겠습니까?"

찬혁은 미소 짓는 퀘스를 보자 온몸에 소름이 돋았다. 그는 불쾌하다는 표정을 지어 보였지만 퀘스는 동요치 않고 미소를 지었다. 찬혁은 퀘스의 멱살을 잡고 울부짖기 시작했다.

"왜 내게서 행복을 빼앗아 가는 거야! 돈이 많아졌지만 난 행복하지 않아. 아버지는 아침부터 술을 드시고, 어머니는 여전히 연락도 없어. 친구들도 점점 멀어지고 있다고!"

"뭔가 오해를 하고 계신 것 같습니다만. 저는 당신의 행복을 빼앗은 적이 없습니다. 당신이 제게 합당한 값을 치르고 판 것이지요. 당신이 입고 있는 그 옷, 그 신발과 시계 모두 제게 받은 값으로 구매한 것이 아닌가요? 당신에게 웃음을 제공하던 약도 제가 드린 것이고요."

퀘스의 말에 찬혁의 말문이 턱 막혔다. 퀘스가 틀린 말을 하는 것은 아니었다. 처음 만난 순간부터 지금까지 퀘스는 자신에게 행복을 팔 것이냐고 제안을 했을 뿐, 제안에 응한 것은 찬혁 자신이었다. 찬혁이 허망한 표정으로 퀘스의 멱살을 잡고 있던 손을 내려놓고 자신의 몸을 바라보았다. 손목에는 비싼 시계가 있었고 그가 입고 있던 옷과 신고 있던 신발은 모두 퀘스에게 행복을 팔고 받은 돈으로 산 것들이었다.

"드디어 깨달으셨군요. 지금의 당신은 행복을 팔 생각이 없는 것 같습니다?"

"살기 위해서 행복을 팔았는데… 행복하지 않다면 제가 사는 이유는 무엇일까요…."

퀘스는 잠시 생각하는 듯하더니 싸늘한 말투로 대답했다.

"저는 삶의 의미를 찾아주는 사람이 아닙니다. 당신의 삶이니 의미 같은 건 당신이 찾아야지요."

퀘스의 답변에 찬혁은 헛웃음을 지으며 주저앉았다. 아무것도 의미 없었다. 휘황찬란한 명품, 술과 담배 그 어떠한 것도 그에게 행복을 가져다주지는 못했다. 퀘스는 주저앉은 찬혁과 눈을 마주치기 위해 쭈그리고 앉았다.

"만약 제가 당신에게 돈을 받고 행복을 판다고 한다면, 당신은 제게서 행복을 살 건가요?"

찬혁은 퀘스를 바라보았다. 퀘스의 완벽한 눈동자가 그를 바라보고 있었다. 행복을 살 수 있다니, 행복을 산다면 삶의 의미를 되찾을 수 있을지도 몰랐다. 하지만 그렇다고 지금 자신이 가지고 있는 돈을 지불하고 싶지는 않았다. 찬혁이 갈등하고 있는 모습을 보자 퀘스는 고개를 갸우뚱했다.

"고민되시나요?"

퀘스의 질문에 찬혁 아무런 대답도 하지 못했다. 그러자 퀘스는 큰 소리로 웃기 시작했다.

"아까 당신을 만난 처음 그 순간부터 오늘이 제가 기다려왔던 순간이라고 생각했습니다. 사실 확신하지는 못했는데, 지금 당신의 반응을 보니 이제는 확신할 수 있을 것 같네요."

"허…."

"그럼 행복 말고, 불행에 대한 거래를 시작해 볼까요? 당신이 저에게 불행을 사신다면 행복을 파셨을 때보다 몇 배의 돈을 드리겠습니다. 자, 불행을 사시겠습니까?"

★

소리를 내지 않기 위해 입을 틀어막고 있던 아이샤는 퀘스를 피하려고 주저앉은 상태로 뒷걸음질을 치다가 뒤에 있던 벽에 부딪혔다.

"저런, 막다른 길이었나 보구나?"

그리고 순간 아이샤는 정신을 잃고 쓰러졌다. 아이샤가 다시 눈을 떴을 때는 아무것도 없는 하얀 공간이었다. 어디가 바닥이고 어디가 천장인지조차 알 수 없는 끝도 없이 하얀 공간에서 아이샤와 퀘스는 다시 마주했다.

"이거, 미래의 기록이군요?"

아이샤와 퀘스가 있는 곳은 아직 도서가 이야기를 기록하기 전의 빈 페이지였다. 그러니 어떻게 보면 그의 미래에 와있는 것이었다. 페이지에는 글자 하나 보이지 않았고, 주인이 아직 쓰지 않은 페이지에 정해진 건 아무것도 없었다.

"수습생 주제에 머리가 제법 돌아가네?"

베르는 출입국관을 거치지 않고서는 인간 세상에 갈 수 없었지만 출국을 하지 않아도 인간들을 마주할 수 있는 방법이 딱 하나 있었다. 도서로 직접 들어가는 것. 하지만 도서를 통해서는 해당 도서의 이야기 속에서만 활동할 수 있고, 도서의 과거 이야기만을 지켜볼 수 있었다. 지금까지 아이샤가 본 찬혁의 이야기는 모두 이미 지나간 그의 과거 기억일 수밖에 없었다.

"그러면 뭐해? 지금 여기엔 너와 나뿐인데?"

퀘스는 자신이 들고 있던 금색 지팡이로 아이샤의 목을 낚아챘다.

"껵…."

아이샤는 자신의 목을 조르고 있는 지팡이를 떼어내보기 위해 노력했지만 압도적인 힘을 이길 수가 없었다. 아이샤는 정신을 놓지 않기 위해 이를 악물고 버티고 있었지만 위에서 무겁게 짓누르고 있는 퀘스로 인해 눈앞이 뿌예지고 있었다.

"비켜!"

그때 커다란 소리가 들려왔고, 저 멀리서 코델리아를 필두로 테오도르와 하나가 달려왔다.

"너희들이 여길 어떻게 온…!"

아이샤가 무슨 말을 하기도 전에 코델리아는 그대로 퀘스에게 뛰어들어 봉인서를 활짝 열었다. 그녀가 봉인서를 활짝 연 채로 퀘스를 덮치자 순식간에 퀘스는 그 안에 빨려 들어갔다.

"인간의 미래까지 넘보다니. 봉인서 밖으로 다시는 발도 못 붙이게 해주마!"

"아아아악, 말도 안 돼!"

그렇게 퀘스의 마지막 외침과 함께 상황은 허무하리만큼 순식간에 마무리되었다. 나중에 하나의 말을 들어보니 세 관리자는 모두 망설임 없이 아이샤를 따라 찬혁의 도서에 들어왔다고 했다. 특히 테오도르는 2층 소속의 관리자가 봉인서를 들고 온 순간 그걸 빼앗았고, 코델리아는 테오도르가 관리자로부터 빼앗은 봉인서를 다시 빼앗아 닫혀있던 찬혁의 도서를 열고 그 안으로 뛰어들었다.

"허락도 없이 봉인서를 가지고 도서에 들어오다니 둘 다 미친 거야. 사실 나는 들어오고 싶지도 않았어! 근데 어떡해. 혼자 남아 있으면 라일라는 아마 나를 죽였을 거야. 그래, 차라리 따라오는 게 낫지."

그렇게 들어온 세 베르는 아이샤와 퀘스가 이야기도 적히지 않은 빈 페이지에 있을 줄은 예상하지 못했고, 과거의 이야기 속에서 길을 헤매다 겨우 그녀를 찾게 된 것이었다.

"하여튼 그럼 잡은 거야? 이제 끝난 거야?"

"응, 퀘스가 봉인서에 갇혔으니 이대로 들고 도서에서 나가기만 하면 돼."

테오도르가 쓰러져 있던 아이샤를 일으켜 세워주었다.

"그럼 이제 나갈까?"

하지만 테오도르는 식은땀을 뻘뻘 흘리며 고개를 저었다.

"우리 조금만 있다가 나갈까?"

"왜?"

"라일라가 다시 나오기만 하면 아주 거꾸로 매달아서 2층 가장 높은 책장에 하루 동안 전시해둘 거라고 그랬거든. 아니면… 퀘스랑 같이 봉인서에 가둬버리거나."

★

그날 밤, 방에 도착한 아이샤는 문득 퀘스에게 속아 넘어가던 찬혁을 떠올렸고, 어딘가 답답한 마음에 창문을 열고 베란다로 나갔다.

"뭐 하고 있어?"

옆을 보니 코델리아 역시 베란다에 나와있었다. 그녀는 창살에 다리를 걸치고 앉아 아이샤를 바라보고 있었다.

"찬혁이라는 사람이 너무 불쌍해."

"뭐가?"

"안 그래도 삶에 상처가 많아 보였는데, 퀘스 때문에 그의 삶에 상처가 더 늘어나게 된 것 같아서."

아이샤의 말에 코델리아는 갸우뚱하며 그저 대수롭지 않게 생각했다.

"퀘스는 악해. 인간의 고통을 즐기잖아. 하지만 그는 분명 선택권을 줬어. 결국 퀘스를 찾아가 그에게 감정을 팔고, 약에 손을 대기 시작한 건 퀘스가 아니라 찬혁 자신이야."

코델리아의 말이 맞았다. 예비생 시절 교육을 받을 때도 도서에 적히는 모든 기록은 전적으로 인간에게 달려있다는 것을 배웠다. 언제 어떤 기록을 시작할 것인지, 멈출 것인지, 지속할 것인지는 모두 도서 주인에게 달린 것이었다.

"그래도 처음에 그를 꼬드긴 건 퀘스잖아. 퀘스는 찬혁의 힘듦과 지침을 악용해서 그에게 접근했어."

"퀘스에게 속은 처음은 실수였을 거야. 사람은 누구나 실수할 수 있지. 하지만 그 실수에 마침표를 찍지 않았다면 더 이상 실수라고 할 수 없지 않을까? 그는 퀘스와의 거래를 멈추지 않았고 심지어는 퀘스가 건네준 약까지 손을 댔잖아. 아무리 따뜻한 겨울이라도 겨울인 법이지. 추위를 느끼지 않는다고 겨울이 아닌 건 아니잖아?"

"그런데…."

그때 코델리아가 아이샤를 향해 무언가를 던졌다. 금박지에 포장된 초콜릿이었다.

"이거 먹고 기분 좀 풀어. 단 걸 먹으면 아무래도 기분이 나아지잖아?"

"코델…."

훈훈한 분위기가 펼쳐질 때쯤 코델리아는 대뜸 자리에서 일어났다.

"너 어디가?"

아이샤의 질문에 코델리아가 웃으며 답했다.

"라일라가 테오도르랑 나는 저녁 먹고 다시 본관으로 돌아오랬어. 거꾸로 매달아서 달아놓는 대신에 열람실에 와서 시켜놓은 일 다 끝내놓으래. 퀘스 때문에 오늘 1층에서 올라온 도서 목록을 확인 못 했잖아? 3층으로 가야 할 도서 목록도 아직 정리 못 했고. 밤새 싹 다 정리하라고 했거든. 아, 맞다. 너도 같이 오랬어. 어딜 겁도 없이 퀘스를 따라가냐고…."

같은 시각, 아직 퇴근을 하지 않은 도정은 마지막 남은 한 권의 봉인서를 4층에 제대로 봉인시키기 위해 4층의 대표 관리자 베넷과 퀘스 전용 책장에 봉인서들을 꽂아두고 있었다.

"도정, 너도 느꼈지?"

베넷은 책장 가장 높은 곳에 마지막 한 권의 봉인서를 꽂아두고 있는 도정의 발밑에 쭈그리고 앉아 그를 올려다보았다. 도정은 무표정이었지만 그를 오랜 세월 봐온 베넷은 그의 불안함을 눈치챘다.

"봉인서 근처에 흩어진 단어들을 봐. 봉인의 문장이 이렇게 여러 단어 조각으로 흩어져 있다는 건…. 누군가 외부에서 인위적으로 봉인을 풀었다는 거야."

봉인서를 꽂아둔 도정은 몇 발짝 뒤로 물러나서 퀘스들이 봉인되어있는 책장을 바라보았다.

"나도 알아. 그래도 이건 우리 둘만의 비밀로 하자고. 도서관 안에 배신자가 있다는 사실을 공공연하게 알려봤자 좋을 건 하나도 없어. 우리가 먼저 범인을 잡고, 조용히 처리하자고. 너는 당시에 너무 어려서 잘 기억 못 할 수도 있겠지만 30년 전 그때도 이렇게 어수선했어. 그때처럼 이곳 매니테일에 큰바람이 불기 시작한 거야."

"기억을 못 할 리가."

그 순간 누가 고래고래 소리를 지르는 게 들려왔다.

"아파요, 아파! 꼬집지 말고 말로 해요!"

"시끄러워! 누가 함부로 봉인서에 손을 대래? 누가 함부로 도서를 열고 들어가고! 또 누가 위험하게 퀘스를 직접 잡아! 너희 셋은 오늘 도서 목록 정리 다 할 때까지는 본관에서 한 발짝도 못 움직일 줄 알아!"

라일라의 분노한 목소리였다. 도정과 베넷은 못 들은 척 다시 봉인서를 정리하기 시작했다.

9
도서 실종 사건

저벅저벅.

어둠 속에서 테오도르가 책장 사이를 돌아다니고 있었다. 야근 당직을 맡은 테오도르는 2층 열람실에 홀로 남아 책장을 순찰하는 중이었다. 그는 관리자의 상징인 남색 유니폼을 입고 한 손에는 종이 뭉치를, 다른 한 손에는 랜턴을 쥐고 걸었다.

"하아암…. 아이샤가 같이 가주겠다고 할 때 알겠다고 할걸."

졸음이 가득한 표정을 짓고 있던 테오도르는 흘러내리다 못해 코끝에 간신히 걸려있는 동그란 안경을 연신 올리며 책장의 상태를 확인했다.

"음, 12010번 책장 이상 무. 12011번 책장 이상 무. 12013번 책장 이상… 어라?"

혼자 중얼거리며 순찰하던 테오도르의 발걸음이 느려지다가 어느 순간 멈췄다. 그는 고개를 들어 책장을 바라보았다. 길이를 가늠하기 힘들 정도로 높은 천장, 그리고 천장에 닿을 정도로 높게 올라간 책장은 어둠에 가려져 중간 부분부터는 보이지도 않았다. 테오도르는 팔을 뻗어 가지고 있던 랜턴을 최대한 높이 들어 올리며 책장의 상단 부분을 확인했다. 그리고 순간, 암흑 속을 확인하기 위해 찌푸려져있던 테오도르의 눈이 점점 커지더니 이내 동그래졌다. 그는 암흑 속에서 무언가 잘못된 점을 발견한 듯했다.

"어… 없어…."

테오도르의 혼잣말이 어둡고 넓은 도서관 전체에 퍼졌다. 그는 자신이 한 말에 자신이 놀란 듯 순간 입을 틀어막았지만 이미 그의 말이 2층에 가득 퍼진 상태였다. 테오도르는 놀라서 흠칫 뒷걸음질을 쳤는데, 어찌나 당황했던지 뒷걸음질을 치는 그의 그림자에서조차 몸의 떨림을 볼 수 있을 정도였다. 곧 테오도르의 눈 밑이 바르르 떨렸고, 그는 급하게 들고 있던 랜턴으로 다시 한번 12013번 책장을 비추어보았다.

"으아아아악! 비상! 비상이다, 도서가 사라졌다!"

매니테일의 사서 도정은 본인의 사무실에서 차를 음미하고 있었다. 온갖 잡동사니로 채워진 도정의 사무실은 은은하고 따뜻한 조명들이 더해져 신비로운 분위기를 풍겼다. 나무로 만들어진 가구들은 고풍스러운 이미지를 풍겼고 곳곳에는 동서양을 막론하고 각 문화권을 대표하는 물건들이 가득했다. 예컨대 서랍 위에는 한국에서 온 백자가 놓여있었고, 벽에는 이탈리아에서 온 그림이 걸려있었으며, 탁상보와 소파에는 사우디아라비아에서 온 금실이 놓여있었다.

혼잡스러운 도정의 사무실에서도 가장 어질러진 곳은 단연 그가 가장 오랜 시간을 머무는 책상이었다. 책상 위에는 잉크와 종이뿐 아니라 주전자와 찻잔, 시계와 스탠드까지 놓여있었다. 그중 가장 많은 자리를 차지하는 것은 도서였다. 도정의 책상에는 저자를 알 수 없는 수십 권의 도서가 도정의 팔 길이만큼이나 높게 쌓여있었다. 하지만 도정은 개의치 않는 듯했다. 그는 어떤 기준으로 봐도 이국적인 자신의 사무실을 좋아했고, 그곳은 가득 채우고 있는 물건과 도서를 하나같이 소중히 대했다.

그는 한 손으로는 찻잔을 다른 손으로는 도서를 한 권 들고 있었는데, 차를 마시면서도 시선은 도서에서 떨어지지 않았다. 그의 녹색 눈동자가 도서의 한쪽 끝에서 다른 쪽 끝까지 아주 천천히 움직였다.

"도정…."

누군가 그를 불렀지만, 도정은 마치 아무 소리도 듣지 못했다는 둥 다시 한 번 얇고 긴 손가락으로 조심스럽게 찻잔을 들어

입에 갖다 대었다. 도정은 화를 풀기 위해 따뜻한 차를 마시곤
했는데 그날 아침에만 그가 비운 차가 벌써 석 잔이었다.

"도정!"

또 한 번 그를 부르는 소리가 들렸고 그제야 도정은 보고 있
던 도서 위로 슬쩍 고개를 들어 자신을 부르고 있는 이를 쳐다보
았다. 화려한 그의 사무실에 어울리지 않는 단조로운 관리복을
입은 인물이 서있었다.

도정은 얼굴 가까이 가지고 가서 읽고 있던 도서를 무심하게
툭 내려놓은 채, 책상에 놓여있던 주전자를 기울여 조심히 차를
더 따르고서는 가볍게 향을 맡았다. 차의 향긋함이 곧 주변을 채
워나갔지만 그의 표정은 밝지만은 않았다. 방 안에 가득 찬 것이
차 향기만은 아니었기 때문이었다.

"테오, 그러니깐 네 말은 오늘 저녁까지만 해도 그 자리에 있
었던 도서가 관리자들이 퇴근한 지 불과 몇 시간도 되지 않아서
감쪽같이 사라졌다는 거잖아?"

도정에게서 흘러나오는 짙은 분노가 방 안을 가득 메우고 있
었다. 그는 들고 있던 찻잔을 내려놓고는 천천히 자리에서 일어
나 사무실 중앙에 뻣뻣하게 서있는 테오도르를 향해 걸어갔다.
그러고는 긴장한 듯 보이는 테오도르의 어깨를 잡고 그를 소파
에 앉힌 다음 자신 역시 반대편 소파에 가서 앉았다.

"지금 그 말을 나보고 믿으라는 거지?"

도정의 윽박에 테오도르의 어깨가 움츠러들었고, 동시에 그가 쓰고 있던 안경이 흘러내렸다.

"그… 그게, 딸꾹, 저는 제가 본 그대로 말씀드린 겁니다, 딸꾹."

놀란 테오도르는 흘러내린 안경을 두 손으로 주섬주섬 올리며 도정의 질문에 답했다. 그는 최대한 평정심을 유지하려 했지만 참을 수 없는 딸꾹질이 자신도 모르게 튀어나왔다.

그날을 기점으로 도서관은 기약 없는 비상 상황에 들어갔다. 인간의 도서는 탄생부터 소멸까지 매니테일 도서관에서 머물어야 했다. 하지만 사라진 도서는 매니테일 그 어디에서도 발견되지 않았다. 도정은 사건과 관련된 관리자들을 모두 불러놓고 이야기했지만 도서의 분실과 관련된 정보는 조금도 얻을 수가 없었는데, 믿을 수 없지만 도서가 스스로 사라졌다는 결론을 내릴 수밖에 없었다.

테오도르의 앞에 앉아있던 도정은 흘러내린 앞머리를 넘기며 무겁게만 느껴지는 머리를 두 손으로 받쳤다. 그는 피곤함에 지친 상태였는데, 수척하게 패인 볼과 정돈하지 않은 머리가 이를 증명했다. 평소 좋아하던 차 대신 커피를 마시며 며칠 동안 사라진 도서를 찾았더니 이제는 찻잔을 들 힘조차 없었다.

쾅쾅!

그때 누군가 사서의 사무실 문을 세게 두드렸고, 도정이 대답을 하기도 전에 문이 벌컥 열렸다. 아이샤와 코델리아는 뛰어왔는지 숨을 헐떡이고 있었다.

"사라졌다는 그 도서가 어디로 갔는지 알 것 같아요!"

도정이 자리에서 벌떡 일어났다. 그의 앞에 놓여있던 탁자가 들썩일 정도였지만 누구도 신경 쓰지 않았다.

"도서를 찾은 거야? 어디, 어디에 있는데!"

"아뇨. 찾은 건 아닌데요, 하여튼! 저랑 코델리아랑 본관을 아무리 돌아다녀도 도저히 사라진 도서의 행적을 쫓을 수가 없어서 마지막이라는 심정으로 출입국관에 갔어요. 거기서 도서가 사라진 시점을 기준으로 최근 출입국 목록을 전부 다 뒤져봤거든요? 그랬더니 해당 도서의 주인이 매니테일에 입국한 기록은 있는데, 다시 출국한 기록은 없는 거 있죠!"

도정이 손가락을 딱딱 부딪쳐 소리를 내며 무언가 깨달은 듯한 표정으로 자신의 사무실을 빙빙 돌아다니기 시작했다.

"매니테일에 들어왔는데, 다시 나가지는 않았다? 그 말은 지금 도서의 주인이 아직 여기에 있다는 말이잖아!"

"그렇죠!"

테오도르는 그제야 죽상이던 얼굴을 조금이나마 펴고 살았다는 듯이 아이샤와 코델리아를 바라보았고, 아이샤와 코델리아는 기쁘다는 듯이 손뼉을 마주쳤다. 두 베르는 지금까지 수습생으로서 주어진 업무를 끝내고 난 뒤에도 퇴근하지 않은 채 본관과 출입국관 등 도서가 갈 수 있는 공간을 모두 돌아보며 그 행적을 쫓는 데 시간을 모두 바쳤다. 또 밥 먹을 시간, 잠자는 시간을 줄여가며 남들보다 몇 시간씩 일찍 출근해 사라진 도서와 관련된 정보를 모두 정독했다. 그렇게 나온 결과가 출입국관에서 얻어낸 매니테일의 출입국 목록이었던 것이었다.

"제나라는 방문자 말이야, 정말 다른 의미로 대단하다. 매니테일을 발칵 뒤집어놓고는 아직도 자취를 감추고 있다니."

어느새 돌고 돌아 다시 본관 1층 로비로 온 아이샤는 잠시 본관 1층 중앙계단에 걸터앉았다. 곧 테오도르도 와서 그녀의 앞에 털썩 주저앉았다. 두 베르는 기진맥진한 상태였다. 본관에는 엘리베이터가 없어서 모든 층을 계단을 통해서 오르락내리락해야 했는데, 매니테일은 한 층이 매우 높아서 계단의 수가 많았기에 더 힘들었다. 각 층은 상상을 초월할 정도로 상당한 크기여서 그 모든 층과 책장들 사이, 업무를 보고 있는 관리자들 사이사이로 돌아다니며 사무실 문을 열고 확인하는 건 쉽지 않았다. 저 멀리서 코델리아가 로비로 걸어왔다. 혹시나 하는 마음에 생활관 쪽을 찾아보고 오는 길이었다.

"어때, 진전이 좀 있어?"

"아니, 아무리 찾아봐도 코빼기도 안 보여."

"도대체 어디 있는 거지?"

아이샤는 한숨을 쉬며 고개를 푹 숙였다. 그때 아이샤의 눈에 계단의 난간 쪽에서부터 무언가 반짝이는 게 보였다. 아이샤는 작은 진주 구슬이 눈에 들어왔다.

"이게 뭐지?"

"이거 진주 아니야? 바다에서 나오는 보석 말이야. 인간들이 목걸이나 팔찌로 만들잖아."

코델리아의 말에 아이샤는 진주알을 더 자세히 살펴보았다. 코델리아의 말대로 목걸이나 옷에 달린 장식에서 떨어져 나온 보석이 관리자의 것은 아닌 듯했다. 적어도 본관에서 일할 때만큼은 관리복을 제외한 다른 복장이나 장신구는 엄격하게 금지되어 있기 때문이다. 본관은 인간이 함부로 들어올 수 있는 건물도 아니니 그곳에서 진주 장식이 발견될 일은 거의 없다고 해도 무방했다.

"대체 여기서 진주가 왜 나왔지?"

테오도르의 질문에 세 관리자는 진주를 보느라 집중하고 있던 고개를 들어올리고 마주보았다. 세 베르 중 그 누구도 말하지 않았지만 서로의 눈빛을 돌아보며 질문에 대한 답을 찾았음을 알 수 있었다.

"하지만 제나가 1층에서 있을 만한 곳이라고는 탄생실, 도정의 사무실, 그리고 우리가 서있는 이곳 로비뿐이잖아?"

"아니, 한곳을 빼먹었어."

아이샤는 자신과 다른 관리자들이 생각하지 못했던 곳을 기억해냈다. 그곳은 중앙계단 바로 밑의 지하실이었다. 지하실은 매니테일의 관리자들도 잘 모르는 생소한 공간이었다. 아이샤도 예비생 시절에 테오도르와 땡땡이를 치려고 중앙계단 뒤편에 숨어들지 않았더라면 발견하지 못했을 공간이었다. 하지만 관리자들이 자주 드나들지 않는 곳이라고 해서 자취를 감춘 채 숨어버린 방문자가 들어가지 말라는 법은 없었다.

세 베르는 다른 관리자들의 눈치를 보며 계단을 내려와 뒤에 있는 작은 공간에 들어갔다. 그곳엔 작은 철문이 있었고, 아이샤가 손잡이를 잡고 당겨보자 문은 별 저항 없이 천천히 열렸다. 묵은 먼지 냄새와 함께 기다란 내리막길 통로가 이어졌다. 지하실로 내려가는 길은 어두침침했다. 비상등 역할을 위해 벽에 얹어둔 조명을 제외하고는 아무런 빛도 없는 상태였기에 더욱 으스스한 분위기를 자아냈다.

"조금 무서운 것 같기도 하고…. 아무나 말 좀 해봐. 너랑 테오도르는 와본 적 있다며!"

코델리아는 조금 무서운지 아이샤의 옆에 딱 달라붙어 걷고 있었다.

"중앙계단 뒤에 문이 있다는 것만 발견했지! 여기가 어딘 줄 알고 함부로 들어가 봤겠냐!"

"코델, 있잖아. 보통 인간들이 보는 공포 소설이나 영화의 시작은 이런 지하실이야. 버려진 지하실로 가는 길은 어둡고, 춥고, 조용하지. 그리고 주인공들이 그 복도를 걷다 보면…."

쿵!

테오도르의 말이 끝나기도 전에 길 끝에 있던 작은 지하실 안에서 무언가 부딪히는 소리가 났다. 아이샤, 테오도르, 코델리아는 일제히 눈앞에 보이는 지하실 쪽을 쳐다봤고, 그 안에 누군가가 있음을 확신할 수 있었다. 문 앞에 도착한 세 관리자는 누가 문을 열 것인지 서로 눈치만 보았다. 지하실 입구는 화려한 본관과는 달리 당장이라도 부서질 것만 같았다. 벽 이곳저곳에는 금이 가있었고, 낡은 나무로 만들어진 문은 제대로 닫히지 않아 반쯤 열린 상태였다. 또 창고라고 적혀있어야 할 문패는 사라지고 없었고, 누군가가 누런 벽에 직접 검은 펜으로 '창고-관리자 외 출입 금지'라고 적어둔 것이 보였다.

아이샤는 그 광경을 보며 입을 다물 수가 없었다. 굳이 출입 금지라고 적어두지 않아도 곧 무너질 것만 같은 곳에 자발적으로 들어가려는 이는 아무도 없을 듯했다. 아이샤는 용기를 내 한 발짝 다가가서는 침을 한 번 꼴깍 삼키고 부서질 것만 같은 문에 노크를 했다. 안에서 아무런 대답이 없자 이미 조금 열려있는 문을 열고 천천히 안으로 들어갔다. 커다란 문이 끼기긱 소리를 내며 열렸고, 그 안은 역시나 어둠이 가득했다.

"계세요?"

창고로 들어간 세 베르는 내부의 광경에 다시 한 번 깜짝 놀랄 수밖에 없었다. 창고 안은 생각했던 것보다도 더 지저분하고 정돈되지 않은 모습이었다. 언제 마지막으로 청소를 했는지 알기 힘들 정도로 이곳저곳에 먼지가 날아다녔고 꿉꿉한 공기가 가득 차 있었다.

창고 안은 좁은 다락방 같은 모습이었다. 아이샤는 예비생 시절, 인간 세상로 현장 체험학습을 가는 길에 출국실 관리자의 실수로 다른 예비생들과 떨어져 홀로 독일의 한 버려진 숲속 오두막의 다락방에 갇혔던 기억을 회상했다. 온갖 곳에 거미줄이 있고 다리를 하나씩 잃은 나무 책상들이 그때와 비슷했다.

아이샤와 테오도르는 최대한 그곳의 더러움을 참아보려고 했지만 코델리아는 차마 표정을 숨기지 못했다. 그녀는 최대한의 경멸하는 표정으로 내부를 훑어보았다. 예전부터 깔끔한 성격을 가진 그녀로서는 도저히 참을 수 없는 광경이 펼쳐지고 있었기 때문이다. 그때 안에서 금발의 남자가 허겁지겁 뛰어나왔다.

"업무 중에 누가 이곳에 들어왔을까?"

세 베르에게 말을 걸어온 것은 정체를 알 수 없는 관리자 로건이었다. 그는 자신을 도서관의 창고지기라고 소개했다. 아이샤와 테오도르, 코델리아 모두 그와 초면이었는데 셋 다 넋을 놓고 볼 정도로 아름다운 외모였다. 제멋대로 뻗쳐있는 머리와 낡디낡은 옷차림을 한 초라한 모습에 외모가 묻히고 있기는 했지만 말이다.

"…모자 장수?"

"응? 누구?"

어지러울 정도로 많은 색의 옷을 껴입은 로건의 모습에 아이샤는 자신도 모르게 모자 장수를 떠올렸다.

"아, 죄송합니다. 누가 생각나서…. 근데 저희 혹시 예전에 본 적 있어요?"

"우리가? 언제? 난 너 처음 보는데?"

그러는 동안 로건은 세 관리자를 뚫어져라 쳐다봤다. 그러다 곧 그가 활짝 웃으며 집게손가락을 위로 뻗어 올렸다.

"아! 너네구나, 도정이 말한 어린 관리자들 말이야. 몰래 3층에 올라가서 과거를 들려주는 램프를 훔쳤다고 들었어. 그래도 도정이 많이 봐준 거야. 원래였으면 책벌레 100마리로는 끝나지 않았을 거야."

로건은 이미 그들의 정체를 알고 있는 듯했다. 게다가 도정과도 아주 친한 사이인 것처럼 보였는데, 그는 마치 도정이 세 베르가 3층에 올라가 등장인물의 과거를 들려주는 램프에 손을 댄 것을 알고 있다는 듯이 말했다. 그는 세 관리자에게 편하게 있으라며 자리를 권했는데, 그가 권한 책상은 창고 중앙에 있는 것

중에 그나마 가장 멀쩡한 책상이었다.

"여기에 앉으라고요…?"

코델리아는 믿을 수 없다는 표정으로 높게 쌓인 책들을 바라보았다. 그것은 책상의 높이에 맞는 의자가 없어 인위적으로 쌓아둔 임시 의자였다. 하지만 로건은 코델리아의 말을 전혀 듣고 있지 않았다.

"그래서 오늘은 뭐 때문에 나를 찾아온 걸까? 이번에 단어 쿠키에 새로운 맛이 추가된다고 했던 것 같은데 그것 때문인가? 으… 글자 요정들을 만난다면 저번에 그 딸기맛은 정말 최악이었다고 전해줘! 아니면….'"

로건은 혼잣말이 아주 많았다. 그는 책상 서랍을 열더니 그 안에서 오랜만에 찾아온 손님들에게 권할 음식을 찾으며 혼잣말을 계속했다. 그는 책상 서랍 안을 뒤지며 그 안에서 많은 것을 꺼냈다. 조그마한 책상은 높게 쌓인 온갖 책과 종이의 무게를 홀로 견디고 있다가 로건이 서랍을 열자 미세하게 흔들렸다. 그러나 로건은 아랑곳하지 않고 인형, 모자, 티백 등 잡동사니를 꺼내더니 마침내 케이크 접시와 포크 세 개를 찾았다.

"아, 여기 있다!"

아이샤는 로건이 건네는 케이크 조각을 받아들며 도대체 책상 서랍에서 케이크가 왜 나오는지 의문이었지만 로건은 그녀가 케이크에 관해 질문할 시간을 주지 않았다.

"이제는 진짜로 말해봐. 도정이나 1급 관리자들을 제외하고는 잘 알려지지 않은 곳인데. 아, 숨기려는 의도는 아니었는데 아무도 이 지하실에 관심을 안 가져줘서 말이야."

로건의 옆에 앉아있던 아이샤는 코델리아와 테오도르가 그가 건넨 케이크를 녹슨 포크로 여기저기 찔러보며 과연 먹어도 되는지 고민하는 동안 반대편에 놓인 낡은 옷장을 바라보았다.

"저희는 사라진 도서를 찾으러 왔어요. 온 도서관이 난리가 났거든요."

"사라진 도서? 흐음, 며칠 전에 뭔가 하나 여길 찾아오기는 했는데."

로건은 자리에서 일어나 아이샤가 바라보던 옷장으로 가더니 옷장 문을 열어젖혔다.

"이것도 아니고, 이것도… 아니고, 아니고, 아니고…."

그는 뒤를 돌아보지도 않고 옷장 안에서 온갖 것을 잡아 꺼내어 던졌다. 남성용 구두부터 진주 목걸이, 커다란 곰 인형까지 끄집어내 던졌고, 잡동사니들은 반대편에 있던 책상에 맞고 바닥에 힘없이 떨어져 쌓여갔다. 그제야 아이샤는 책상 밑에 물건이 가득 쌓여있는 이유를 알 수 있었다.

"도대체 저 작은 서랍 안에 뭐가 저렇게 많은 거야…."

코델리아가 들고 있던 포크로 로건과 옷장을 가리키며 어이가 없다는 듯한 표정을 지었다. 그녀의 케이크는 테오도르가 허

겁지겁 몰래 뺏어 먹고 있었지만 코델리아는 케이크에 관심도
두지 않았다.

"찾았다! 혹시 이걸 말하는 거니?"

로건이 옷장에서 그 안에 들어가 있으면 안 될 것만 같은 것
을 꺼내 들었다. 그는 작은 몸을 마치 인형처럼 들고 이리저리
흔들어 보였다. 파란색 잠옷이 그의 손에서 너덜거리며 힘없이
흔들렸고 곧 겁에 질린 작은 단발머리의 여자가 모습을 드러냈
다. 역시나 조그마한 손으로 끊어진 진주 목걸이를 꼭 쥐고 있는
것을 보니 온 도서관이 찾고 있던 바로 그 제나인 게 분명했다.

"며칠 전에 이곳을 찾아와서 아빠를 찾아달라고 난동을 부리
지 뭐니? 여기서 내보내려고 했으면 더 난리를 쳤을 거야!"

세 관리자는 이미 충분히 난장판인 바닥을 보며 고개를 절레
저었지만 로건은 별생각 없이 다시 옷장을 닫고 제나를 든 채로
제자리로 돌아왔다.

"그래서 나를 보러 온 게 아니라 제나를 찾아온 거였단 말이
지? 실망인걸…. 어? 케이크 벌써 다 먹었네? 더 줄까?"

하지만 아이샤는 격하게 고개를 저어 보였다. 코델리아의 것
에 이어 아이샤의 것까지 다 먹은 듯한 테오의 얼굴이 점점 파란
색으로 변해가고 있는 것이 케이크에 문제가 있어도 한참 있는
게 분명했다. 그때 로건에 의해 공중에 둥둥 떠있던 제나가 떨리
는 큰소리로 외쳤다.

"저는 단어 쿠키를 먹고 싶지 않았어요! 차도 마시고 싶지 않았다고요. 그냥 아빠가 보고 싶었어요. 그래서 도망친 거예요….."

★

시대가 시대였던 만큼 바른 삶을 사는 건 힘든 일이었다. 그래서 정길의 아버지는 자식에게 '바를 정'에 '바를 길'을 쓴 정길, 항상 바른 삶을 사는 사람이 되라는 이름을 주었다. 정길은 자기 딸이 자신을 이해할 날이 오지 않기를 바랐다. 그러면서도 동시에 자신의 이야기가 아이에게 닿을 수 있기를, 아비의 마음을 이해하는 데 조금이라도 도움이 되기를 바랐다.

정길은 하수구 청소부였다. 장마가 오면 각종 쓰레기와 오물이 하수도를 타고 내려가다가 중간에 막히는 일이 잦았다. 하수구가 막혀서 물이 내려가지 못하니 정길이 직접 안에 들어가 오물을 정리하고 물길을 터줘야 했다. 복잡한 건 아니었지만 목숨을 걸어야 할 정도로 힘든 일이었는데, 가끔은 물이 급격하게 불어나 그의 허리까지 차오른다거나 쓰레기를 치우다 넘어질 때도 많아 위험했다.

"○○아, 새로운 가족이 생기면 어떨 것 같아?"

정길과 제나는 세상에 단 둘뿐이었다. 제나에겐 형제자매나 엄마처럼 가족이라고 부를만한 다른 이가 없었기 때문이었다. 하루는 일을 끝내고 집으로 돌아가는 길에 정길이 제나에게 새로운 가족을 만드는 것에 대해 어떻게 생각하냐고 물었다. 그 소리에 제나는 꼭 붙잡고 가던 정길의 손을 놓고는 싫다고 고래고래 소리를 질렀지만, 정길은 그저 어깨를 으쓱할 뿐이었다.

얼마 뒤, 부녀는 좁은 시골길을 걷고 있었다. 제나는 자신이 어디로 가는지 알 것만 같아서 일부러 다리가 아픈 척 느리게 걸었다. 정길은 제나가 꾀병을 부리고 있다는 것을 알면서도 모르는 척 그의 걸음 속도에 맞추어주었다. 잠시 후 제나가 최선을 다해 천천히 걸었음에도 부녀는 목적지에 도착하고 말았다. 그들의 앞에는 낡은 건물 하나가 서있었고, 주변에는 논과 밭 이외에는 아무것도 존재하지 않았다. 건물에는 '행복 보육원'이라는 글이 적혀있었다. 제나는 글을 읽는 것에 익숙하지 않았지만 아버지가 자신을 나쁜 곳에 보낼 리는 없다고 생각하며 그의 손을 꼭 잡고 건물 안으로 들어갔다.

"어서 오세요. 지난달에 연락주신 분 맞나요?"

건물 안으로 들어가자 기분 좋은 방울 소리가 들렸고 곧이어 인자한 얼굴의 보육원 원장이 안에서 나왔다. 원장은 정길에게 미소를 지어 보였지만 정길은 오히려 그 미소에 죄책감을 느끼며 고개를 푹 숙였다.

"최정길 님 맞으시죠?"

"네."

정길이 기어들어 가는 목소리로 대답했다.

"결국 결정하셨군요. 여기 이 아이인가요?"

제나는 끄덕이는 아빠를 바라보았다. 정길은 보육원 원장과 이전부터 연락을 주고받은 듯 보였다. 원장은 잠시 정길의 양손을 잡고 서있는 제나를 바라보았는데, 제나가 정길의 뒤로 숨자 걱정되는 표정을 지었다. 하지만 순간 정길의 눈치를 보고는 다시금 미소를 지었다.

원장은 제나에게 보육원을 구경하고 있으라고 말한 후 정길을 데리고 원장실로 들어갔다. 두 사람은 안으로 들어가 더 많은 대화를 나누었고, 제나는 원장실 밖에 서서 까치발을 들고 유리 너머로 보이는 아빠를 몰래 바라보았다. 무슨 말을 하는지 잘 들리지 않았지만 무언가 중요한 이야기를 하는 것 같았다. 곧이어 원장이 무슨 말을 하자 그 말에 정길이 울기 시작했다. 원장은 그런 정길을 다독여주더니 그에게 흰 종이 한 장을 내밀었다. 정길은 원장이 건넨 종이를 빤히 바라보다가 제나가 서있는 쪽으로 고개를 돌렸다. 몰래 지켜보고 있다가 아빠와 눈이 마주친 제나는 놀라서 주저앉았지만 정길은 이미 제나를 본 듯했다. 놀란 가슴을 진정시키던 제나 앞에 작은 그림자가 생겼다. 새로 들어온 이가 궁금해 놀러 나온 보육원의 아이 중 하나였다.

"새로 온 애야? 아니면 입양?"

아이는 호기심 가득한 얼굴로 제나에게 이것저것 물었지만 제나는 입을 앙다무는 것으로 대응했다.

벌컥!

그때, 원장과 정길이 원장실에서 나왔다.

"사랑해, ○○아."

정길은 마지막으로 제나를 꼭 안아준 후 뒤도 돌아보지 않고 보육원을 나갔는데, 그녀는 차마 떠나는 아빠를 부르지 못했다.

1년 후 보육원에 완벽하게 적응한 제나는 보육원의 음악 수업을 듣고 있었다. 근처 국민학교 음악 선생님이 봉사 차원에서 매주 주말마다 보육원에서 수업을 했는데 그날은 피아노를 치는 방법을 배웠다.

"혹시 피아노를 칠 줄 아는 사람 있니?"

선생님은 아이들에게 물었지만 아무도 대답하지 못했다. 그때 제나가 손을 번쩍 들었다.

"이전에 교회에서 어떤 언니가 치는 걸 본 적이 있어요. 신기하게 쳐다보니깐 언니가 치는 방법을 알려주기도 했고요."

제나의 말에 선생님은 놀란 듯 눈썹을 치켜올렸다. 그러고는 제나를 앞으로 불러 피아노를 치게 하였는데, 생각보다도 훨씬 잘 치는 모습에 크게 놀랐다.

"정말 그 언니에게 배운 게 다니?"

제나는 분명 피아노에 재능이 있었다. 어려운 곡을 칠 수 있는 것도, 기교를 부릴 줄 아는 것도 아니었지만 그 나이에 정확하게 악보를 보고 어떤 건반을 눌러야 하는지 아는 것은, 그것도 제대로 된 음악 수업을 들어보지 못한 아이가 그러하다는 것은 분명 놀랄만한 일이었다. 그때부터 음악 선생님은 매주 보육원에서 수업을 마친 후 따로 시간을 빼서 제나에게 피아노 레슨을 해주기 시작했다.

얼마 안 가 제나는 미국의 한 부부에게 입양되었다. 제나라는 이름도 새로운 부모님에 의해 지어진 이름이었다. 부모님은 제나의 음악성을 알고서는 최선을 다해 그녀를 지원해주었다. 부부는 넉넉한 형편이 아니었고, 음악을 한다는 것은 상상을 초월할 만큼의 돈이 들었지만 그럼에도 그들은 최선을 다해 제나를 뒷받침해 주었다.

가족의 모든 관심은 제나였다. 제나가 콩쿠르에 나가기 전이면 그때마다 모두가 그녀의 눈치를 보며 제나의 생활패턴에 맞춰주었고, 대회의 결과에 상관없이 그녀를 축하하거나 위로하기에 바빴다. 자연스럽게 부부의 친자식이자 제나의 동생이었던 제임스는 어릴 적부터 무엇이든 혼자 해결해야 했다. 부모님은 제나를 지원하는 것만으로도 벅차했기 때문이었다.

하지만 그런 온 가족의 노력이 결실을 맺는지 제나는 유명한 피아니스트로 성장했다. 그럴수록 더욱더 가족의 중심은 제나가 되었다. 제나 역시 가족들의 희생이 있음을 알고 있었지만 그만두겠다는 이야기는 하지 않았다.

"이번 대회 의상은 또 얼만데요?"

"저번이랑 비슷하지, 뭐. 그나저나 연습 장소랑 선생님을 구하려면 돈이 이만저만 드는 게 아닐 텐데 걱정이야."

"그래도 어쩌겠어요. 제나가 하고 싶다는데 시켜줘야죠."

하루는 밤에 물을 마시러 거실에 나왔다가 부모님이 이야기하는 것을 엿들은 적도 있었다. 부모님은 금전적인 문제 때문에 걱정을 하는 듯했다.

"저 때문이죠? 죄송해요."

결국 숨어서 이야기를 듣고 있던 제나는 죄책감에 모습을 드러냈다.

하지만 부모님은 오히려 걱정되는 말을 듣게 해 미안하다는 표정으로 놀란 듯 자리에서 벌떡 일어나 제나를 향해 다가갔고, 그녀를 꼭 안아주었다. 그들에게 제나는 친딸, 그 이상이었다.

수십 년이 흘렀고, 제나는 유명한 피아니스트가 되었다. 한국에 순회공연을 오게 된 것은 그녀가 한국을 떠난 지 무려 30년이 지난 때였다. 성인이 되어 한국에 돌아온 제나는 수소문 끝에 아버지의 동료였던 이를 만날 수 있었다. 동료였던 이에게 전해들은 바로는 정길이 죽은 날은 비가 아주 많이 오던 날이었다.

며칠이고 내리던 비는 그날따라 더욱 거세게 쏟아져 내리기 시작했고, 역시나 그들은 하수구에 들어가 오물을 정리하고 있었다고 했다.

"저 멀리서부터 커다란 소리가 들려오더라. 뭔가 낌새가 이상하긴 했어도 위에서 아무런 지시를 내려주지 않으니 너희 아빠고 나고 그대로 일을 지속하는 수밖에 없었지."

그리고 일을 하다가 다시 뒤를 돌아봤을 때는, 엄청난 속도의 물길이 인부들을 향해 흘러오고 있었다고 한다. 그들이 들었던 그 커다란 소리는 상류에서부터 빠르게 내려오던 물소리였던 것이었다. 나중에 관리소장에게 물어보니 밖에서는 그날이 장맛날이라는 걸 알고도 정길과 동료를 안에 들여보낸 것이었다. 정길의 동료는 그 이후로는 기억이 나질 않는다고 했다. 거센 물길에 휘말리다가 어딘가에 머리를 세게 부딪힌 기억까지는 나는데, 그 이후의 기억은 없다는 것이었다. 아마도 그는 운이 좋아 살아남았지만 정길은 그만 더 휩쓸린 것 같다고 했다.

"내 이름이 뭐였는지만 물어보려 했던 건데…. 난 내 이름도 아빠도, 어릴 적 모든 걸 잃어버렸네요."

제나는 다시는 한국 땅을 밟지 않았다. 초대장을 받고 매니테일을 방문하게 될 때까지도 말이다. 이맘때쯤부터 그녀는 이름뿐 아니라 많은 것을 기억하지 못하고 있었다. 의사는 그녀가 알츠하이머라고 했다.

★

　제나가 흐느끼자 그녀의 두 어깨가 덜덜 떨려왔다. 그때, 아이샤의 눈에 바닥에 떨어져 있는 제나의 도서가 들어왔다.

　"로건, 저거 제나의 도서죠?"

　"아… 다 뜯어진 진주 목걸이랑 같이 들고 왔더라고. 아마 수리실에서 열람실로 이동하려고 카트에 대기 중이던 걸 챙겼던 것 같아. 내가 꼴은 이래도 관리자라 인간이 스스로 자기 도서를 읽는 걸 두고 볼 수가 없어서 일단은 못 건들게 책상 제일 높은 곳에 올려뒀었어. 근데 그럴 필요도 없었지. 자기가 가져온 도서는 진즉에 까먹고 내내 횡설수설하더라니깐?"

　아이샤가 울고 있는 제나를 바라보았다.

　"이름을 아는 게 방문자님에게 그렇게나 중요한가요?"

　"다른 사람들은 고작 이름이라고 할 수도 있겠지만 지금의 제나가 저인 것처럼, 과거의 저 역시 저이니까요."

　제나의 답에 아이샤는 앞으로 자신이 할 행동에 확신을 가질 수 있었다.

　타다다닥-

　그때 밖에서 웅성거리는 소리가 들려오기 시작했다. 지하실 문이 열려있는 것을 본 도정이 다른 관리자들을 이끌고 제나를 잡기 위해 찾아온 것이었다. 아이샤는 벌떡 자리에서 일어나 제나의 도서를 집어 들었다.

"로건, 입구 좀 막아줘요. 너희들도!"

아이샤의 말에 로건과 친구들이 다급하게 일어나 지하실의 입구를 막아섰다. 순간 코델리아는 아이샤의 외침에 자신이 생각도 하기 전에 움직였다는 사실을 깨달았다. 그녀가 누군가를 위해, 그것도 고작 인간 한 명을 위해 자신의 관리자 인생을 포기할 만큼 큰 잘못을 저지르려고 한다는 것을 알기도 전에 몸이 반응한 것이었다. 하지만 코델리아의 표정은 당당했다. 똑똑하지만 이기적이고, 일을 잘하지만 경직된 사고만 하던 코델리아는 없었다. 지금 그녀는 살면서 했던 일 중 가장 멍청한 선택을 하려고 하고 있었지만 자신의 선택이 옳다는 확신이 있었고, 후회하지 않을 자신도 있었다.

"당장 비키지 못해!"

도정이 분노한 목소리로 다그쳤지만 테오도르와 코델리아는 끝까지 한 발자국도 움직이지 않았다. 그들이 비키지 않자 도정은 힘으로 두 베르를 밀치며 아이샤에게 멈추라고 소리쳤다. 그러나 아이샤는 그의 말이 들리지 않는 것처럼 제나의 도서를 빠르게 읽기 시작했다.

"대체, 어디 나와있는 거야…"

"네가 그 도서에 글을 쓰면 이야기에 개입하게 되는 거야! 관리자는 절대로 인간의 도서에 개입할 수 없는 거 몰라?"

도정의 말에 테오도르는 이도저도 못하고 멈춰섰다. 이렇게 큰일에 휘말리는 것은 그와는 맞지 않는 일이었다. 게다가 아이샤와 자신의 관리자 생활 사이에서 선택을 해야 하는 것도 너무나 큰 고통이었다.

'평생 무언가 스스로 원해서 제대로 내려본 결정이 몇 개나 있을지 모르겠지만 이번엔⋯.'

멈칫하던 테오도르는 다시금 도정과 관리자들을 막아선 코델리아의 옆에 섰다. 그리고 자신의 앞에 있던 도정의 옷자락을 붙잡았다. 테오도르가 자신을 막는 선택을 할 거라고는 상상하지 못한 도정이 놀란 눈으로 그를 떨어트리려 했지만 테오도르는 꿈쩍도 하지 않았다.

하지만 힘의 차이는 압도적이었다. 도정과 씨름을 하듯 그를 붙잡고 늘어지던 테오도르는 이내 얼마 버티지 못할 것을 짐작하고 급하게 아이샤를 불렀다.

"아이샤, 빨리, 빨리!"

테오도르의 급한 외침에 아이샤의 마음도 덩달아 급해졌다. 도서에는 너무 많은 글이 있었고, 그 사이에서 제나의 한국 이름을 찾아내는 건 아이샤에게 너무나도 힘든 일이었다. 그녀가 글을 읽으려고 할 때마다 글자들이 튀어나와 종이를 돌아다녔다. 그래도 아이샤는 한 글자, 한 글자 도서를 읽어 내려갔다. 그리고 마침내 아이샤는 벌벌 떨리는 손으로 자신이 원하던 단어를 발견했다. 아이샤는 급하게 도서를 넘기며 현재 페이지가 있는 곳으로 돌아왔다. 그리고는 들고 있던 펜을 꺼내어 도서에 자신이 찾아낸 글자를 적기 시작했다.

"아이샤!"

하지만 그 순간 테오도르의 외침을 마지막으로 도정이 그를 넘어트리고 지하실 안으로 들어왔고, 코델리아 역시 그가 데려온 다른 관리자들에 의해 붙잡힌 상태였다.

"찾았다."

지하실로 들어온 도정은 곧장 아이샤가 들고 있던 제나의 도서를 잡아채 낚았다. 그러더니 그는 반대 손으로 거세게 아이샤를 밀쳤다.

"이런 멍청한! 그동안 아무리 바보 같은 짓거리를 해도 봐줬는데, 이건 선을 넘었구나!"

도정은 본인의 행동에 놀란 듯 손을 움찔했지만 아이샤의 까만 두 눈동자는 끝까지 빛을 내었다. 그 순간, 베르들의 싸움 속에서 인간의 목소리가 들려왔다.

"아… 기억났어요! 내 이름은 선자예요. 최선자. '가릴 선'에 '스스로 자'. 스스로 선택하는 삶을 살라고 지어주셨죠. 아버지는 힘든 시대에 태어나 선택할 수 있는 게 별로 없었거든요. 저는 다르게 살라고 지어주신 이름이었어요."

이미 엎어진 물에 창고에 들어가 있던 모든 베르가 멈추었다. 이야기에 개입하려던 베르들과, 이를 막으려던 베르들 모두 바닥에 넘어진 아이샤를 바라볼 뿐이었다.

★

도정은 복잡한 얼굴로 대추차를 마시고 있었다. 대추차를 마시면 심신의 안정이 된다고 들었는데, 정말로 효능이 있는지는 알 수 없었다. 김이 폴폴 나는 뜨거운 차를 찻잔에 따르니 대추 향이 주변을 가득 채웠다. 혼자 뜨거운 차를 식혀가며 마시는 것만큼 여유로우면서도 고독한 일은 없었다.

도정은 지하실 창고에서 마주한 로건을 떠올렸다. 로건은 유일하게 도정과 차를 즐기던 베르였다. 하지만 관리자 일을 그만둔 지 오랜 세월이 흘렀고 도정과 함께 차를 들었던 것도 과거의 일이었다. 도정은 눈을 질끈 감았다. 그날의 기억이 마치 어제 일처럼 생생하게 떠오르고 있었다.

★

로건은 최고의 관리자가 되어 한 층을 대표하는 관리자가 되는 것을 꿈꿨다. 도정과 로건은 도서를 관리하는 일에 아주 특출

났기 때문에 다른 관리자들은 두 베르가 각각 3층 끝맺음실과 2층 열람실을 대표하는 관리자가 될 거라고 확신했다. 3층 소속의 관리자 중에서는 도정이, 2층 소속 관리자 중에서는 로건이 가장 뛰어났기 때문이다.

로건에게는 놀라운 능력이 있었다. 그는 도서를 한 번 만지기만 해도 그 도서의 내용을 순식간에 읽을 수 있었다. 관리자로서 그보다 더 좋은 능력은 없었다. 다른 관리자들이 인간의 도서를 뒤적거리고 있을 때, 로건은 손을 대기만 해도 순식간에 도서를 읽어내고 문제를 찾을 수 있었다. 그는 자신의 능력을 이용해 열람실에서 도서를 관리하는 일에 헌신했다.

로건과 도정은 인간을 사랑했고, 그들의 도서를 관리하는 일에 큰 자부심을 느꼈다. 그들은 스스로도 본인들만큼 관리자직에 잘 맞는 베르는 없을 것이며 층의 대표 관리자가 되고, 이어 둘 중 한 베르는 마침내 사서가 될 거라고 확신할 수 있었다. 그렇기에 더욱 노력했다. 물론 이 모든 것은 로건이 한 인간 여자를 만나기 전까지의 이야기이지만.

로건은 다른 동료들이 모두 자신의 베르를 찾아갈 때도 늘 혼자였다. 도정이 안식년 동안 가정을 이루고, 딸아이를 낳을 때도 그는 혼자였다. 그랬던 로건은 어느 날, 열람실의 도서를 관리하는 과정에서 한 인간 여자의 도서를 만나 그녀와 사랑에 빠졌다.

"그게 무슨 소리야! 인간을 사랑한다니? 그건 서약에 어긋나는 일이야. 베르 재판이 열린다면 관리자직을 박탈당하는 동시에 봉인서에 갇히는 벌을 받게 될 수도 있다고!"

"그녀가 나를 잊는 게 싫었어!"

로건이 인간과 사랑에 빠졌다는 사실을 알게 된 날, 도정은 그에게 처음으로 크게 화를 냈다. 하지만 내내 고개를 숙이고 있던 로건이 고개를 든 순간, 도정은 이 상황이 생각했던 것보다 더 심각하다는 것을 알 수 있었다. 로건은 울고 있었다. 자신이 무슨 짓을 저지른 것인지, 그게 얼마나 위험한 짓인지 누구보다 잘 알았다. 로건은 이미 자신의 선택에 대한 대가를 잘 알고 있었지만, 그럼에도 인간을 사랑했다.

로건이 인간을 사랑하게 되었다는 사실을 알게 된 몇몇 베르들은 그가 미쳤다고 생각했다. 특히나 도정은 더욱 그에게 실망했다. 하지만 여전히 로건은 그의 친구였기에 그는 로건을 돕기 위해 최선을 다했다. 그가 근무시간에 여자의 도서에 방문하고, 밤마다 생활관을 빠져나와 여자를 보기 위해 출입국관으로 향한다는 것을 알고 있었음에도 묵인하고 오히려 몰래 그를 돕기도 했다.

로건은 거기서 멈추지 않고 여자의 도서에 개입했다. 점점 여자의 이야기에 들어갔고, 그녀와 함께하는 삶을 꿈꿨다. 이때 도정 역시 로건이 인간의 도서에 개입하는 것을 도왔으니 관리자로서의 의무를 저버린 것이기도 했다. 얼마 안 가, 로건이 인간 여자와 사랑에 빠졌다는 이야기는 당시 사서의 귀에도 들어갔다. 사서는 크게 분노했고, 그를 벌하려 했다. 결국 도정과 동료 베르들은 사서에게 로건에게 한 번의 기회를 더 주는 게 어떻겠냐고 부탁했다. 도정도 이렇게 되면 로건이 모든 걸 포기하고 다시 자신과 함께 상급 관리자를 꿈꾸던 시절로 돌아올 것이라고 믿었다.

그러나 모두 도정의 착각에 불과했다. 사서는 로건에게 마지막 기회를 주며 여자의 도서에 돌아가 베르와 매니태일에 관한 기억을 지우고 오라고 명령했다. 하지만 로건은 사서의 명령에 따르지 않았고, 여자의 기억을 지우지 않은 채로 도서관에 돌아왔다.

쾅쾅쾅!

"이 시간에 대체 누구야!"

어둡기는 하지만 구름 한 점 없이 맑은 새벽이었다. 도정은 시끄럽게 생활관 방문을 두드려대는 로건 때문에 화가 났지만 그의 상태를 보고는 무언가 잘못되었음을 알 수 있었다. 로건은 비에 온몸이 젖은 채로 문 앞에 서서 그를 기다리고 있었다. 외출을 하고 온 듯한 모습에 처음에는 글자 요정이나 긍지의 탑을 다녀왔나 싶었지만, 비 한 방울 떨어지지 않는 밤에 홀로 젖어있는 그를 보니 로건이 인간들의 세계에 다녀왔음을 알 수 있었다.

"이게 무슨 일이야…."

"도정, 나 한 번만 도와주라. 제발 이렇게 부탁할게."

"일단 들어와서 이야기해. 이러다 누가 보면 도서관을 벗어난 걸 들키겠어."

"지금 당장 그녀에게 갈 거야."

로건은 매니테일을 떠날 거라고 했다. 출국실을 이용하는 관리자는 모두 자신의 책갈피에 출입국관 소속 관리자가 제공한 시간만큼만 인간 세계에 있을 수 있었는데, 로건은 이 시간을 조작해 도서관을 떠나겠다고 이야기했다. 그리고 이를 실행에 옮겼다. 로건은 도정의 동료였고, 친구였다. 그가 꿈꾸는 삶은 관리자로서의 의무를 져버리는 일이었고, 다른 베르들을 배신하는 일이었지만 도정은 로건을 도울 수밖에 없었다.

"정말 나갈 거야?"

도정은 출국실 문 앞에 서있는 로건을 향해 물었다. 하지만 그는 아무런 대답도 하지 않았다. 그날 밤, 도정은 떠나는 로건의 마지막 모습을 보았다. 사랑하는 이와 함께하고자 도서관을 떠나는 그였지만, 로건의 눈에는 슬픔과 죄책감이 가득했다.

로건이 떠난 후 도정은 모종의 사건으로 인해 3층의 대표 관리자가 되었다. 전임 사서의 강한 추천으로 매니테일의 사서직까지 이어받게 되었다. 그리고 그가 사서가 된 지 얼마 지나지 않아 로건이 돌아왔다. 여자는 죽었다고 했다. 인간의 수명은 아

주 짧으니까. 도서관에 돌아온 그는 긍지의 탑에서 베르 재판을
받게 되었다.

다행히 로건이 사랑했던 여자는 죽으면서 그에 대한 어떤 내
용도 인간들에게 남기지 않았고, 도서관에 관한 정보 역시 발설
하지 않았다. 로건에 대해서 죽을 때까지 그 누구에게도 이야기
하지 않았다는 점이 둘의 사랑을 증명하고 있었다. 덕분에 로건
은 생각했던 것보다는 작은 규모의 재판을 받게 되었고, 그 덕
인지 재판의 핵심인 '신의 질문에 답하라'라는 절차를 무사히 통
과할 수 있었다. 이후 로건은 재판 결과에 따라 정당하게 열람실
소속으로 복귀해 업무를 시작했다.

그러나 다른 베르들은 도서관에 돌아온 그를 반기지 않았다.
인간의 이야기에 개입하지 않는다는 관리자 서약을 깨버리고,
도서관을 떠난 배신자에게 좋은 감정이 있을 리 만무했다. 역시
나 재판이 끝난 이후에도 관리자들은 입을 모아 로건을 매니테
일에서 쫓아내라고 했고, 결국 그는 복귀한 지 얼마 안 가 자취
를 감추었다. 아마 다른 베르들의 시선을 감당하지 못하고 도서
관을 떠나 이야기 속을 떠돌게 되었다던 것 같았는데, 들리는 소
문에 의하면 도서관을 떠나기 전 그는 완전히 정신이 나가버려
미친 베르처럼 행동했다고 했다.

그러나 로건은 도서관을 떠난 것이 아니었다. 그는 되레 도서
관의 가장 중심부에서 살고 있었다. 그곳은 알려지지 않은 매니

테일의 지하실 창고. 창고는 많은 베르들이 존재하는지도 모르는 공간으로, 인간의 도서와는 관련 없는 온갖 잡다한 것들이 보관되어 있는 곳이었다. 이곳에서 로건은 매니테일을 떠나지 않고 창고지기로 살아가고 있었다.

매니테일 시간 기준 오후 6시, 모두가 퇴근을 하고 야근조 관리자들이 아직 나오지 않은 짧은 시간 동안 로건은 자신의 모든 짐을 챙긴 채 창고로 가는 길 앞에 서있었다. 그의 짐은 크지 않은 가죽 가방 안에 모두 들어갈 정도로 적었고, 그 모습이 조금은 안쓰러웠던 도정은 창고로 들어가려는 로건을 붙잡아보았다.

"차라리 매니테일을 떠나는 게 나을지도 몰라."

"왜? 너도 내가 정말로 미쳐버린 것 같아?"

도정의 말에 로건은 괜히 장난스러운 표정을 지어 보이며 물었다. 도정이 아무 말도 하지 않고 그저 빤히 쳐다보자 로건은 일부러 과장된 한숨을 내쉬어 보이며 자신의 선택을 설명했다.

"나같이 더러운 배신자가 있을 수 있는 곳은 창고밖에 없어. 나는 절대로 매니테일을 떠나지 않을 거야. 이곳에 남을 수만 있다면 창고가 아니라 더한 곳에서도 지낼 수 있어."

도정은 로건의 장난스럽고 과장된 모습에도 그 모습이 진심이 아님을, 그저 꾸며낸 모습일 뿐임을 알 수 있었다. 그의 오랜 친구이자 이제는 도서관의 배신자가 되어버린 로건은 정말 조금도 미치지 않았고 그 언제보다도 더 제정신이었다. 도정은 로건의 선택을 존중하기로 했다.

"그럼 사서님, 오늘부로 도서관의 창고지기가 된 로건이 인사드리겠습니다."

10
금지의 재판식

    스산한 기운을 풍기는 금지의 탑에 베르들이 모여들었다. 임명식 날과 달리 정숙한 분위기에 다들 심각한 표정을 한 모습이었다. 한 해에 금지의 탑이 두 번이나 열리는 건 이례적인 일이었는데 특히 임명식이나 은퇴식이 아님에도 인파가 모이는 건 아주 드물었다. 어쩐 일인지 탑은 제 문을 열고 어두운 표정의 베르들을 한 명씩 받고 있었다.

    베르들이 모두 모이자 도정이 강단 앞에 자리했다. 맞은편에는 세 명의 수습생들이 서있었고, 그들을 주변으로 다른 관리자들이 동그랗게 모여있었다.

    "우리는 오늘 이 어린 베르들의 재판을 열게 되었습니다. 아이샤, 테오도르, 코델리아는 관리자 서약을 어기고 인간의 이야기에 개입하는 잘못을 저질렀습니다. 매니테일의 사서인 저는 도서관의 지엄한 법에 따라 합당한 처분을 내리기 위해 이 자리를 마련했습니다."

도정은 품 안에서 족자 하나를 꺼내어 강단 위에 올려놓았다. 값비싸 보이는 황금 용이 새겨진 족자였다. 도정이 손으로 족자 끝의 동그란 옥 부분을 톡톡 치자 조용한 분위기 속에서 족자가 말려있던 몸을 펼쳤다. 족자는 잔뜩 찡그린 표정으로 도정을 향해 투덜거렸다.

"아, 왜! 이번엔 또 누가 잘못한 거야? 몇 급인데?"

"3급 관리자의 죄를 따지는 재판이다. 똑바로 일하는 게 좋을 거야. 다시 황제의 서고에 갇히고 싶지 않다면."

도정의 말에 족자가 바들거리며 몸을 떨어댔다.

"그 자식들 어떻게 됐어? 내가 말이야, 황가에 대대로 붙잡혀 지내던 시절을 생각하면 아직도 치가 떨린다니까? 자꾸 자기네 나라에 위협이 되는 인물을 알려달라는데 내가 볼 때 제국에 가장 도움이 안 되는 게 본인들이야. 황제라는 것들이 서고 관리도 대충대충 하면서 말이야, 쩝."

"그러니까 다시 돌아가고 싶지 않으면 협조 좀 하자고."

족자가 한숨을 깊게 내쉬더니 부드럽게 방향을 틀어 아이샤 쪽으로 몸을 돌렸다.

"너희들이구나? 이 재판의 주인공이. 마지막으로 나를 찾아온 베르는 인간과 사랑에 빠지더니. 이번에 찾아온 녀석들은 감히 인간의 도서에 개입했다고!"

족자의 말에 아이샤와 친구들은 고개를 푹 숙였다.

"너희가 답을 제대로 하면 살아남을 수 있을 테고, 그렇지 못하면 매니테일에서 추방당하거나 평생 봉인서 안에 갇히게 될 테다."

족자는 뱀처럼 몸을 꿀렁거리며 아이샤에게 기어왔다. 아이샤는 자신의 발밑에서 멈춘 족자를 조심스럽게 들어올렸다. 그러자 족자는 하얀 종이 부분에 얼굴을 드러내며 씨익 웃었다.

"넌 마지막이야. 테오도르부터 시작할 테니 넘겨줘."

자신이 처음이라는 말에 긴장한 테오도르는 손에 난 땀을 옷에 문질러 닦으며 족자를 받아들었다.

"나는 신의 눈물로 만들어진 존재. 무엇이든 질문하고 무엇이든 답할 수 있지! 네가 제대로 된 답을 해낼 수 있는지 보자꾸나. 흠… 그래! 이 질문이 어울리겠다. 원래는 연이 아닌 도서가 스스로 책장을 바꿔가며 인연을 만들어냈다. 그러한 인연도 도서에 적히기에 타당하다고 생각하는가?"

족자의 질문에 아이샤와 코델리아를 비롯해 테오도르를 아는 모든 이가 조용히 탄식했다. 테오도르는 무언가를 선택하는 것에 겁이 많았다. 스스로 생각하고 선택하는 것을 어려워하는 그에게 인간의 선택에 대해 묻다니 안타까울 수밖에 없었다. 하지만 테오도르는 모두의 예측을 깨고 조금의 망설임도 없이 질문에 대답하기 시작했다.

"네, 도서의 기록은 전적으로 그 주인에게 달려있으니까요. 언제 기록을 시작하고 멈출 것인지, 어떤 이야기를 기록할 것인지는 모두 인간에게 달려있습니다. 그러니 도서가 책장을 바꾸며 인연을 만드는 것 역시 아무런 문제가 없습니다. 그리고… 연이 아니었다는 것부터가 옳지 않은 표현입니다. 인간이 자신의 선택으로 인연을 만들었다면 이미 그 인연을 쟁취할 자격이 있었던 것입니다."

도서의 주인은 인간이었다. 그 누가 뭐라고 해도 도서에 작성되는 내용의 기준은 '인간'인 것이었다. 문장의 속도도, 이야기의 진행 상황도, 끝을 선택할 권리도 모두 도서의 주인인 인간에게 있었다. 테오도르의 말대로 인연을 만들어냈다는 것 역시 인간의 선택일 뿐이었다. 잠깐 침묵하던 족자가 펄럭거리며 고개를 끄덕였다.

"그래! 정답이다. 선과 악의 양면적인 선택을 모두 할 수 있다는 게 안타깝지만 어떤 선택이든 도서를 가진 인간의 권리다! 자, 다음!"

테오도르는 정답이라는 족자의 말에 조금도 동요하지 않고 차분히 족자를 코델리아에게 넘겨주었다. 코델리아에게 넘어간 족자는 곰곰이 생각하더니 그녀에게 맞는 질문을 만들어냈다.

"흠, 너는 이 질문에 답해보거라! 네가 개입했던 도서의 주인은 자신이 적었던 과거의 이야기들도 제대로 기억하지 못하더구나. 과연 그런 인간도 도서의 주인이라고 할 수 있을까?"

잠시 고민하던 코델리아는 조심스럽게 입을 열었다.

"네, 그래도 역시 도서의 주인입니다. 인간의 도서는 매일 조금씩 쌓여가는 한 줄 한 줄이 모여 완성됩니다. 지금까지 써내려왔던 이야기가 곧 도서의 주인인 거죠. 그녀가 도서의 주인인지는 고민할 필요도 없습니다. 지금까지 제나가 적어온 모든 문장이 그녀를 이루고 있는 것이고, 앞으로 그녀가 기록할 문장들이 미래의 제나를 만들어갈 것이거든요."

인간은 평생 자신의 도서를 직접 읽을 수 없었다. 그러다 보니 가끔은 도서에 적었던 내용들을 잊어버리기도 했다. 하지만 도서에 한 번 적힌 내용은 절대로 사라지지 않았다. 인간이라는 존재는 지금까지 스스로 적어온 수많은 문장으로 설명할 수 있는 셈이었다. 코델리아는 인간이 잊어버린 내용일지라도 그것이 그들의 본질을 흔들 수는 없다고 이야기하고 있는 것이었다.

코델리아는 자신도 할머니처럼 다른 이들에게서 잊힌 채 가상의 이야기 속 등장인물로 살아가게 될까 두려워하던 어린 시절을 떠올렸다. 관리자로 들어온 이후에도 매니테일에서 쫓겨날까 전전긍긍하며 이기적으로 굴었던 날들도 스쳐지나갔다. 지금 코델리아는 스스로가 누구인지는 그가 가진 능력으로밖에 증명할 수 없다고 생각하던 자신의 과거를 처음으로 부정하고 있기도 했다. 코델리아의 손에 들려있던 족자가 고개를 끄덕였다.

"흠, 정답이다! 인간이 자신의 이야기에 주인이 되는 데 조건이 어디 있겠느냐! 존재하는 것만으로도 모든 조건을 충족한 것이다."

코델리아는 긴장했던 가슴을 쓸어내리며 족자를 마지막 답변자, 아이샤에게로 건넸다. 코델리아는 족자를 건네며 아이샤에게 굳은 믿음의 눈빛을 보냈다.

"자, 어디 보자…. 그래, 너에게는 이 질문이 어울리겠다! 난 네가 제일 기대되는구나. 나를 놀라게 해다오. 아이샤, 신이 베르에게 저주를 내린 이유는 무엇이라고 생각하는가?"

재판을 지켜보던 베르들이 웅성거리기 시작했다. 앞서 테오도르나 코델리아에게 주어진 것과는 달리 너무나도 쉬운 질문이었다. 하지만 아이샤는 쉽사리 답변하지 못했는데, 그런 그녀의 모습은 주변의 베르들을 더욱더 당황하게 했다.

"저리 쉬운 질문에 대답을 못 한단 말이야? 관리자 자격이 있는 거 맞아?"

"당연히 저주는 베르가 저지른 죄에 대한 벌이지."

"이제 답을 해야 할 것 같구나, 아이샤."

한참 동안 멍하니 굳어버린 아이샤의 모습에 묵묵히 기다려주던 도정은 시끌시끌해졌던 강당을 조용히 시키고 그녀에게 답할 것을 요구했다. 도정의 재촉에 이미 답변을 무사히 끝낸 테오도르와 코델리아는 마치 자신들도 답을 찾고 있는 것처럼 끙끙댔다. 그들의 눈에는 오직 아이샤가 꼭 쥔 주먹만이 보였다. 그리고 마침내 모두의 시선 속에서 아이샤가 입을 열었다.

"신께서는 우리를 불쌍히 여겼습니다. 그게 우리의 선조들이 죄를 저지른 순간, 그 자리에서 그들을 벌하지 않고 관리자로 임명한 이유입니다. 관리자는 인간의 이야기를 지키면서도 그들의 이야기에 개입할 수 없고, 인간을 위해 헌신하면서도 그들에게 그 어떤 선택도 강요할 수 없습니다. 이야기가 없는 존재로서 수많은 인간의 이야기를 지키며 각자의 이야기가 가진 가치를 알아차리라는 의도였습니다. 그런데 제가 이를 어기고 개입해 버린 거죠. 감히 그 가치를 깨달았다고 생각했거든요. 아니었지만요."

아이샤가 말을 마치자 강당은 쥐 죽은 듯이 조용해졌다. 잠깐의 정적 후, 족자가 크게 웃는 소리가 조용해진 탑에 울려 퍼지기 시작했다.

"으하하, 정답이다! 우매한 베르들아, 너희는 제대로 파악하지 못한 신의 의도를 이 어린 관리자들이 알고 있구나. 그들이 답한 내용이 너희의 선조가 인간이었을 적 놓친 것들이다."

베르들이 인간이었던 시절, 어떤 이는 자신의 삶에 만족하지 못하고 운명의 도서를 손에 넣으려 신을 찾아왔고 또 다른 이는 같이 가자는 타인의 유혹에 넘어가 도서를 탐했다. 그들은 각자의 이야기가 가진 가치를 이해하지 못했다. 그들의 씻을 수 없는 잘못에 무한한 형벌을 내리는 대신, 이야기의 가치를 알 수 있도록 그들을 관리자로 만들었다. 자신에게 주어진 이야기의 가치조차 알지 못하는 이들을 가엾게 여긴 신의 자비였다.

"너희는 내가 원하는 답을 완벽하게 해주었다. 이제 재판에 대한 최종 선고는 베르들이 하거라."

족자는 다시 도정이 서있는 탁자로 기어 올라왔다. 그러고는 처음처럼 몸을 동그랗게 만 채 긴 잠에 빠져들었다. 도정은 족자를 자신의 품에 넣으며 재판의 결과를 알렸다.

"세 베르는 서약을 어기고 인간의 도서에 개입하는 크나큰 죄를 저질렀습니다. 그러나 서약의 위에는 신의 진언이 존재하죠. 아이샤, 테오도르, 코델리아는 서약을 어겼으나 신이 우리에게 요구한 질문에 대한 답을 찾아내었습니다. 이에 아이샤, 테오도르, 코델리아의 재판이 무죄로 마무리되었음을 선언합니다. 세 베르야말로 베르의 긍지를 잊지 않은 이들입니다."

재판에 참여했던 베르들이 모두 자리에서 일어나 축하의 박수를 보내던 순간 누군가 손을 번쩍 들었다. 세 베르와 함께 수습생으로 순환 근무를 돌고 있는 뽀글머리 하나였다.

"아이샤는 난독증이 있어요! 이 재판과는 무관하게 관리자가 될 자격이 없다고요!"

하나의 외침에 금지의 탑에 모여있던 모두가 놀란 표정으로 아이샤를 쳐다보았지만, 그녀는 아무런 변명도 하지 않았다. 그저 비밀이 만천하에 공개되었다는 사실에 당황하여 뒷걸음질을 치려 하였다. 하지만 도망갈 곳은 없었다. 그녀를 둘러싸고 있는 베르들이 충격받은 표정으로 숙덕거리는 것이 느껴졌다. 아무도 나서지 못하고 웅성거림만이 커져갈 때, 하나는 다시 아이샤의 자격을 논했다.

"아이샤는 첫 업무부터 제대로 해내지 못했고, 정의라는 이름으로 3급 관리자 주제에 퀘스를 쫓아 인간의 도서에 들어가기도 했어요. 이건 다 아이샤가 난독증이 있어서예요. 당장 도서관에서 내보내야 한다고요. 애초에 자격도 없는 아이잖아요."

하지만 도정은 당황하지 않았고, 되레 무거운 표정으로 하나를 쳐다보며 답했다.

"자격도 없는 베르를 관리자로 임명한 내 책임이라는 건가? 사서는 새로운 베르를 관리자로 임명하기 위해 그의 모든 것을 평가하지. 내가 아이샤에게 난독증이 있다는 걸 몰랐을까?"

예비생 시절 아이샤는 관리자가 되기 위해 남들보다 더 오랜 시간이 걸렸다. 관리자 시험을 보기 위해 공부를 할 때도 역시 그러했고, 매일 저녁 늦게까지 도서관에 남아 공부를 하곤 했다. 사서인 도정이 이 사실을 모를 리가 없었다.

"그럼… 알고 있으면서도 저를 관리자로 임명하신 거예요?"

아이샤는 덜덜 떨리는 목소리로 도정을 올려다보았다. 이에 도정은 차갑지도 따뜻하지도 않은 딱 적당한 미소를 지어 보이며 덤덤하게 답했다.

"그게 뭐가 어때서? 관리자들은 도서를 보호하는 일을 하는 거지, 그들의 이야기를 빨리 읽어내야 하는 존재가 아니야. 관리자로서 제대로 자신의 한몫을 해낼 수 있다면 그 어떤 베르라도 관리자가 될 수 있어."

여기저기서 도정의 말에 동조하는 이들의 목소리가 들리기 시작했다.

"생각해보면 그렇기는 해."

"아이샤가 노력하는 걸로는 누구에게도 뒤지지 않잖아?"

도정의 말에 동의하는 이들을 시작으로 다시금 아이샤를 향한 박수와 환호가 시작되었다. 아이샤는 소리가 시작된 곳을 바라보았다. 테오도르와 코델리아뿐 아니라 자신과 함께 수습생 시절을 보낸 이들이 있는 곳이었다. 그 모습에 아이샤는 용기를 얻을 수 있었다. 그녀가 인간의 이야기를 이해하고 보살피려 했던 것처럼 이제는 자신을 마주하기로 다짐한 순간이었다.

"맞습니다. 하나의 말대로 저는 난독증이 있어요. 실수도 잦은 편이고, 그런 주제에 인간의 이야기를 지켜야 한다는 생각에 집착적이에요. 심지어 임명식에서 서약했던 것을 어기는 잘못을 저지르기도 했어요. 제가 잘했다는 건 아니에요. 하지만 저는 우리가 관리자로서 일하고 있는 이유를 알 수 있었습니다. 앞으로도 각자가 가진 이야기의 가치를 찾기 위해 노력할 거예요. 혹시 모르잖아요. 인간의 이야기를 관리하면서 베르들도 다시 우리의 이야기를 찾게 될 수 있을지 말이에요."

허름한 긍지의 탑, 아주 오랫동안 식장 역할만을 하던 탑에서 아이샤는 관리자들에게 자신이 가진 긍지를 나누었다.

★

언제나처럼 출입국관은 베르와 인간들로 가득했다. 웅성거리는 소리와 번호표를 부르는 소리가 여기저기서 들려왔고, 길을 잃은 꼬마 인간들이 두리번거리며 관리자를 찾고 있는 모습도 보였다.

"후…."

아이샤는 첫 근무 날처럼 잘 다려진 관리복을 매만지며 떨리는 마음을 진정시키기 위해 숨을 크게 내쉬었다. 그리고 아이샤는 두근거리는 심장에 손을 얹었다. 그 순간 출근하기 전 주머니에 자랑스럽게 꽂아둔 은색 책갈피가 느껴졌고, 놀랍게도 떨림은 가라앉았다. 이제는 수습생이 아니라 정식 3급 관리자 아이샤로서의 첫 시작이었다.

아이샤의 다음 번호였던 코델리아와 테오도르가 순서대로 그녀 뒤에 줄을 섰다. 코델리아가 출국심사를 받는 동안 테오도르가 조용히 다가와 아이샤의 어깨를 툭 치며 물었다.

"오랜만에 도서 관리하러 가는 건데 안 떨려?"

"전혀!"

아이샤는 어느 때보다 환한 얼굴로 웃어 보였다. 어느새 옆에는 심사를 마친 코델리아도 함께 서있었다. 서로 시선을 주고받던 세 베르는 다 같이 문 안으로 뛰어들었다. 인간의 이야기가 가득한 곳에서 새로운 이야기를 마주하기 위해 떠난 것이었다. 그리고 번쩍! 빛과 함께 사라진 세 베르는 더 이상 매니테일에 있지 않았다.